МОСТОВИ У НАМА

МОСТОВИ У НАМА

Гордана Опалић

Globland Books

Оно што називамо досадом — дугим временом — пре је управо неко болесно осећање разоноде — скраћивање времена — услед монотоније: велики размаци времена, кад имају непрекидно једнолик ток, скупе се на начин који до смрти застраши срце; кад је један дан као сви, онда су сви као један; а у савршеној једноликости и најдужи живот проживео би се сасвим брзо и минуо за трен ока. Навикавање је обамрлост или пак малаксалост чула времена, и што нам године у младости пролазе лагано, а касније живот све брже промиче и јури то мора да почива на навикавању.

Чаробни брег Томас Ман

Октобар, 2012.

- Ана -

Звоно је прекинуло мучну тишину. Као по команди, сви су скочили са својих столица и нагрнули ка вратима. Професорка физике је покушавала да доврши реченицу о примени преламања светлости, али је убрзо одустала. Лагано је скупљала своје ствари са катедре, а затим је, када су готово сви већ изашли из учионице, уз уздах олакшања села на столицу. Ухватила се за главу као да трпи несносне болове, а потом устала и журно се упутила ка вратима.

„Колико треба да си стрпљив", помислила је Ана, још увек седећи у последњој клупи до прозора, „или луд да издржиш оволико кретена на једном месту?"

Полако се осврнула по учионици, пребацила торбу преко рамена и кренула ка вратима. Била је висока и витка. Црна дуга коса сливала се низ леђа у богатим слаповима. Носила је црне фармерице, старке и црну мајицу са амблемом Металике. Није била нашминкана, а одсуство шминке је још више наглашавало њену лепоту. Зелене крупне очи и прав нос, високе јагодице и пуне усне биле су више него упечатљиве. И то јој је сметало. Стављало ју је у први план, а то није желела. Није јој било пријатно међу људима. Није се добро осећала када је проматрају, процењују... све што је желела било је да је сви оставе на миру. Али што се она више трудила да буде невидљива, то је више долазила у први план.

Ставила је слушалице, покренула листу омиљених песама и изашла из учионице. Ходници су били пуни гимназијалаца. Девојке су стајале у групама тихо говорећи између себе, док су момци гестикулирали рукама, стојећи уз стуб у главном холу. „Сигурно је на реду нови дерби или нека друга спортска глупост”, помислила је. Крајичком ока је у групи приметила Федора и још више спустила главу, пуштајући да јој коса покрије највећи део лица. Није могла њиме да се бави данас. „Мислићу о томе сутра”, помислила је и овлаш се насмејала, замишљајући Скарлет О'Хару на свом месту.

Ана је била свестрана девојка. Волела је да чита, свирала је гитару, занимала ју је уметност сваке врсте, али јој боравак међу људима није годио. Од раног детињства било јој је боље самој. Кад год би била окружена људима, осећала би се као да је неко дави, дланови би почели да јој се зноје и остајала би без даха. Више него једном су је слали психологу, који је сматрао да је анксиозна, да има нападе панике, а једном јој је један чак рекао да је антропофобична[1]. Свима је изгледала као чудакиња. Зато се увек повлачила, пријало јој је да буде изолована, последња клупа на свим часовима је била њена и врло брзо су сви у одељењу на њу престајали да обраћају пажњу. Тек понекад је била предмет подсмеха или глупих шала, које је уопште нису дотицале. Била је сама себи довољна. Бар је тако мислила.

Није волела петак. Време се вукло у недоглед. Већина часова је била смртно досадна. Често се питала шта би професори радили на место својих ученика... Половина би побегла са сопственог часа, а један део би сигурно доживео нервни слом од незанимљивости и досаде. Није да нису знали материју коју предају, добар део је одлично владао својим предметом, али мотивација ученика није постојала. Као да су причали сами са собом. Речи су се одбијале од ученика, као кад дете удари лоптом о зид, па му се она врати. А дете онда не зна шта ће са њом. Ето такви су били часови. Досадни, досадни, досадни. Петком поготово. Почињали би дан филозофијом — професор Срећко је покушавао да пронађе себе у лавиринту реченица које је изговарао таквом брзином да их ни сам није стизао чути, а камоли разумети. Затим француски. Е, то је био урнебес. Професорка Виолета, пореклом Македонка, запела да се говори и размишља на француском, што њој није можда био проблем, јер српски није знала богзна како, али ученици су се из петних жила трудили да је игноришу. Уосталом, већини се Макрон, председник Француске, није допадао, онако омален и са поприлично чудним естетичким, а и етичко-моралним принципима. Човек се оженио својом професорком!!! То би било као да се Лазар Павловић, дежурни политички консултант одељења, ожени нашом Виолетом!!! Ужас! И тако редом, па до физике којом се тријумфално завршавао петак.

Професорка Милена је била добра жена, стрпљива. Можда и превише стрпљива. Њен је час био дебатно минско поље. Колико год се она трудила да објасни законе физике и њену примену у животу, толико су поједини од њеног часа правили позорницу за самопромоцију сопствене некултуре, неукуса и глупости. Ани је Милене често било жао и често би осетила потребу да устане и врисне на гомилу кретена да професорку оставе на миру. Али то никада није учинила, чак ни онда кад се Пеђа Милени унео у лице и опсовао је. Милена је само климнула главом, окренула се и наставила да доказује први принцип термодинамике. Ана је тада схватила колико понижења човек може да поднесе. Није јој било јасно зашто професорка није одреаговала, зашто није напустила час, зашто му је, до ђавола, дозволила да је тако унизи...

Овога петка Пеђе није било у школи, па је час физике протекао у тишини. Чуло се само Миленино хроптаво дисање и шкрипа креде. Већина је висила на Снепчету. Није да Милена то није знала, само јој је било лакше да се прави да не зна.

* * *

Ја сам Ана. Она која је невидљива, која се стопи са сенкама. Она коју не приметиш ни кад си близу. Ја сам ноћ без сна, јутро без свануђа, тишина и сена. Месец ће ноћас бити пун, а душа ће моја одзвањати у црној рупи свемира. Оној најцрњој, која гута све пред собом, која у себе упија светлост, цеди душу. Чујем земљу како хроптаво дише док се са вечери сене сливају као сузе. Молим те, не буди ме, кад заспим, својим ћилибарским прстима ни ноћним ходом сенки из подземног царства. У лавиринту времена шкрипе каравани путујући кроз теснац пешчаног сата у недоглед, у неповрат, у нестајање. Осипам се, растачем, носи ме ветар. Небо је боје средњевековних бедема. Оних који одолевају. Који ме бране. Од тебе, од мрака, од себе. Дишем олују удаљених светова, њен је галоп све бржи — дамара мојим венама. Ту је, преда мном, само се правим да не видим, да не чујем, да не постојим...

Ја сам Ана и Месец је пун. Додирујем га неповерљиво, одмеравам дубину. Смола са кедрова капље по мени, лепи ми косу за тело, крије ме, стапа са сенком на земљи. Ја сам Ана и влати траве препознају мој ход, памте моје кораке по вечности, по трајању, по трпљењу...

Ја сам Ана.

* * *

О, Ана, туго мојих дана... била је једна песма са овим стихом 80-их година прошлог века. Али ви је нисте чули, знам... Много тога ви нисте чули и немате појма о музици. Не, немате ви појма о много чему. У ствари, немате појма ни о чему. И то је тужно. Или није? Дискутабилно. С једне стране, ви сте потпуно срећни и блажени у свом у незнању. Не стрепите од будућих догађаја, живите од данас до сутра, препуштени околностима да управљају вашим животима. Ствари вам се дешавају, а ви их нисте ни свесни. Трајете у времену, без икаквог циља... С друге стране, спознаја доноси бол. Знаш сваки свој корак и последицу која за њим долази као чекић којом се он потврђује, али идеш даље. Газиш. Знаш да ће те бол свезати у чвор, али се радујеш изазову одвезивања. Чули сте за Гордијев, претпостављам? Онај који је Александар Македонски „решио" пресекавши га... Ха, кад хоће, човек нађе начин! То је оно што ја очекујем! Мало акције! Укључи се, Ана!

Но, нећу да придикујем. Ана није таква и то ме нервира. Имати став, а не образложити га је исто као да га немаш. И не, не мислим да било кога треба хватати за гушу како би се убедио да је твој став исправан. Можда и није. Али га треба рећи. Заузети се. Искорачити из своје сигурне зоне. Зато се изнервирам сваки пут кад видим колико је пасивна. Неће проблеми нестати ако се правиш да их не видиш! О, не. Само ће постати већи и већи и већи и кад више коначно не можеш да их игноришеш, згазиће те. Као мрава. Као бубу.

Још више ме изнервира то што Ана Јелић жели да буде невидљива, а шта све има да покаже! Лепа је. Јесте. Рећи ћете сада: „О, то је небитно, унутрашња лепоте је важнија и бла, бла, бла..." Јесте, слажем се, не хватајте ме за гушу сдмах! Али, ако бисте били искрени према себи (а нисте, знам и не покушавајте да ме убедите, јер нема шансе!), признали бисте себи да сваки дан започињете тако што се погледате у огледало. Пре него што изађете из куће (где год да сте кренули), погледате се у огледало. Пре него што уђете на састанак, разговор за посао, шта год да је везано за некога изван вас, погледате се у огледало. Или бар помислите и пожелите да изгледате добро. Аха, шта ћемо сад? Није важно, је л' да? Само се ви заваравајте!!! И онда говорите да вам смета самољубље код других... Крените увек прво од себе. Но, човек је склон да пројектује своје недостатке и мане на друге и да их критикује с таквом жестином... о, па то је скоро толико занимљиво да бих силно време изгубила у таквим представама.

Да се вратим на Ану. Лепа је. Јесте. А не жели да буде, јер је то чини изложеном. Па шта? На шта су се све људи свикли! Сваког чуда три дана доста... Но сигурна сам да ће доћи време кад ће се суочити са собом. А онда... па, биће тешко бити у њеној близини.

Знам, знам, сад се питате ко сам, до ђавола, ја! О, знате ме ви добро, али вам нисам увек омиљено друштво. У ствари, никад вам нисам омиљено друштво, па се правите да не постојим. Игноришете ме и запостављате, а неки ме (додуше, ретки који знају да сам ту), богами, озбиљно малтретирају!

Ја сам она која све зна, која све сазна пре вас. Ја сам она која жели да вас промени, да вас оснажи, да вас натера да се погледате, да се добро погледате, али не у огледалу. Ја сам она која вам покаже ко сте, па чак и кад то не желите да сазнате. Не волите ме, али кад бисте само на трен себи дали прилику да ме упознате, да ме само једном послушате, о, како би вам живот био занимљив!

Али, добро. Полако. Ја сам стрпљива. Ја не журим. Мени нико време не мери, као вама. И ту сам, решена да останем. Како ће бити? Ко зна... како коме... видећете...

- Федор -

Федор је стајао у главном холу са екипом из одељења. Није да их је баш обожавао, али није ни желео да се смара сам. Жучно су расправљали о вечерашњој утакмици Ливерпула и колико су бесмислено мале квоте на победу. Баш кад је Мрки показивао састав тимова, периферним видом ју је закачио. Ана Јелић. Та му је девојка била чиста енигма. Лепа, паметна, талентована. Толико талентована да није могао да верује кад ју је сасвим случајно чуо како свира у кабинету музичког. А опет, толико хладна, дистанцирана и затворена. Што се он више трудио да јој приђе, то се она више затварала, игнорисала га и бежала од њега. Мораће да промени тактику, али није знао како. Ако сад крене за њом, опет ће га откачити као прошли пут. А и екипа ће га опет смарати како трчи за чудакињом.

Федор је био омиљен у друштву одувек. Отворен, духовит, забаван. Некако је умео лако да орасположи све у своме присуству. Био је одличан ђак и још бољи спортиста. Тренирао је кошарку од своје девете године. Био је изразито висок, плавоок и угљеноцрне косе. Све су га девојке у гимназији желеле и он је то знао. Баш зато му нису биле занимљиве. Нервирало га је константно пренемагање и фолирање. Све су биле исте, као лутке у излогу, али потпуно непримамљиве.

Феђа, како су га најближиословљавали, није могао да вам каже шта је желео у животу, али је знао шта неће. Није желео живот својих родитеља. Федоров отац је био познати београдски адвокат, а мајка кустос музеја. Никада нису били код куће. А и кад јесу, било је исто као и да нису. Вечито загледани у рачунаре или телефоне, готово га нису ни примећивали. Док је био млађи, то му је много сметало, сада се већ навикао. Научио је на тежи начин да се ослања само на себе, да има само себе и да је физичко присуство све што ће од својих родитеља добити. Да није почео да тренира кошарку и ту пронашао себе, вероватно би другачије изгледао његов живот. И не би било баш лепо.

— Е, матори, отишао сам! Имам тренинг, а и ова недеља ми је била паклена — рекао је Феђа Мрком, ударајући га по леђима.

— Ајде, бриши! Знам ја где си пошао. Видео сам ко је прошао малопре поред нас. Не капирам, брате, шта видиш на њој! Она је опасно чудна, опасно — кроз смех рече Мрки.

Федор је преврнуо очима, и показујући Мрком средњи прст, изашао из школе. Журним кораком пролазио је кроз школско двориште, не обраћајући пажњу ни на кога. Аутобуска станица била је улицу испод гимназије. Била је потпуно празна, што је значило да је аутобус скоро отишао. Разочарано је отпухнуо и шутнуо каменчић који је био нагазио. Надао се да ће успети да сустигне Ану, али је очигледно већ била отишла.

Стао је под настрешницу станице и извадио телефон из џепа. Бар ће проверити пошту док чека. Отворио је свој имејл и брзо пролазио кроз нотификације и непрочитане имејлове. Ништа важног није било међу имејловима. Искључио је телефон и вратио га у џеп јакне. Окренувши се на страну откуд је требало да наиђе аутобус, поглед му је пао на најмање очекивану особу. Ана Јелић. Стајала је неколико корака даље од станице са слушалицама у ушима и погледа упереног у даљину. Изгледала је као да није са овога света. Косу јој је ветар наносио преко лица, али она на то није обраћала пажњу. Федор није могао а да се не запита шта је то у тој девојци што га тако лудо привлачи.

Лагано је кренуо ка њој. Није га приметила још увек. Гледала је у даљину нетремице, не реагујући на свет око себе. Полако јој је склонио прамен косе са лица. Уплашено је скочила, изненађено уздахнувши.

— Извини што сам те уплашио! — кроз малени осмех изговори Феђа.

— Ти ниси нормалан! Ти, стварно, ниси нормалан! — готово је викала Ана.

— У реду је, Ана. Нисам желео да те уплашим. Хтео сам да те поздравим.

— Ето, поздравио си ме, престравио и сад иди!

— Чекај, зашто си таква? Човече, шта треба да урадим да разговараш са мном? — резигнирано је рекао Федор, шириђи руке.

— Не треба да урадиш ништа. Не желим да разговарам са тобом. Већ сам ти то рекла, али ти, изгледа, не чујеш добро. Знаш, треба да посетиш оториноларинголога, тек да се увериш да си глув. Или психијатра, пошто ти очигледно фали нека даска. Прогањаш ме, манијаче!

Федор је гледао безизражајно док је гестикулирала рукама и полако подизала тон док му је говорила. Лагано руменило јој је облило образе, а боја очију постала загаситозелена. „Боже, колико је лепа, а тога није ни свесна", размишљао је. Полако је климнуо главом, подигао обе руке као да се брани и прошао поред ње, кренувши пешице у супротном смеру од онога где је требало да иде.

— Добро, не вреди овако. Мењај приступ, Феђа, мењај приступ! — рекао је себи полугласно док се спуштао улицом Теодора Драјзера према Конаку кнеза Милоша.

Ишао је дугим корацима, љут на себе што је по стоти пут направио исту грешку. Сваки пут се понада да ће успети да пробије њене баријере, али као и пре, једино што је добио је одбијање. Потпуно, неоспорно одбијање. Кад се пренуо из мисли, већ је био у Топчидерском парку. Сео је на клупу да умири помахнитале мисли. „Шта је то, до ђавола, у њој што ме толико привлачи?”, питао се по ко зна који пут. И по ко зна који пут није имао одговор на то питање.

Погледавши по парку, постао је свестан да је јесен већ ту. Поподневно светло се преламало у крошњама храстова, остављајући загаситоцрвени траг. Мирисало је на покошену траву, а тишина је готово била заглушујућа. У парку није било деце као обично, тек понеки пролазник у друштву свог љубимца. Осетио је како га напетост полако напушта. Затворио је очи и дубоко удахнуо.

* * *

Чији је то осмех што мом тајанственом проласку смета? Што га боји тишином, даљинама? Шума ноћас дише у ритму моје самоће, оне скривене, оне којој не дам да се покрене, да се покаже. Птице уморно стражаре над вучјим јамама. Ветар шапуће лудости успаваним маслачцима и јагорчевини по ливадама мојих беспућа, будећи младе сокове биља. За мене. За тебе. За нас. Газим нечујним корацима по маховини сопствених ожиљака. Оних које кријем, као да их нема, као да нису нанети погледом, дахом, уснама. Осећам да нечији поглед мом тајанственом проласку између светова смета. Још неко, осим шуме и мене, дише у ритму моје самоће. Киша, а не сузе, твоје сузе, спраће трагове мога страха. Једном. Не сада. Једног дана у ком се сећање неће наћи као путоказ на раскршћу на којем увек одаберем погрешан пут.

* * *

Један корак напред, два назад. Понављање је мајка знања. Стално то слушамо, почињемо да у то верујемо. Хм, добро сад... могла бих ту да додам још по нешто.

Ајмо овако. Удариш главом у зид. Јако. Па, разбићеш главу, је л' тако? Очигледно! Схватиш да то не треба да радиш, јер боли. А после извесног времена удариш опет у исто место, још јаче. Научио си ти и после првог ударца да не треба то да радиш, па ето те, опет бијеш у исто место... Значи, ниси утврдио градиво, ниси поновио неколико пута...

Ха, ха, ха...

Никад не утврдиш то градиво, па ти је глава читавог живота израњавана. И носиш је на раменима баш таквзу, шта ћеш, мораш... А зид стоји! Не мрда, ни макац. Као да те зове, певуши заводљиву мелодију, готово као „Лорелај”! И не мжеш да одустанеш. Нешто те вуче на то место као магнет. Да удариш још који пут, да утврдиш... јер понављање је мајка знања!

Често се питам шта је сврха таквим узалудним покушајима? Шта добијамо понављајући исте грешке? Људи су у ствари озбиљни мазохисти. Воле да их боли, па то ти је! Надају се да ће пробити тај зид једног дана. Неки и успеју, али цена је озбиљно висока. Стварно не знам да ли се исплати...

Федор. О, Федор! Моја танана душица у огромном телу. Читавог живота предан другима, никада потпуно свој. Плива уз струју, копрца се, дави, али снага воље коју тај младић има је мени невероватна! Колико само снаге треба да се беспоговорно повинујеш туђим жељама! И то још онима које ти други и не говоре, већ које сам ишчитаваш из понашања, погледа... Колико ти треба воље и самоконтроле да, упркос великом срцу и још чистијој души, газиш свакодневно по блату туђих очекивања и да се не буниш? Да не реагујеш. Да радиш као мрав, као војник, као Сизиф... узалудне ствари?

О, треба пуно снаге и Федор је има, знам. Није то проблем... Научио је он да се уклопи, да се претвара, да се фолира готово исто као они које толико презире... Па, рекох вам... човек је такво биће, пројектује себе на друге да би лакше критиковао, осудио.

Федора људи воле. Сакрије се иза лепог осмеха, оних дивних очију... Не, не почињите поново. То смо већ разјаснили! Кад упознаш новог човека, баш га гледаш у душу, је л' да? Пружиш му руку и одмах, право у душу ускочиш, рониш по њој, растављаш је и састављаш као лего у потрази за човеком. Ма да! Ал' замало!

Не засмејавајте ме тим глупим, наученим обрасцима да се ради и говори искључиво оно што је друштвено прихватљиво и пожељно! Ја нисам од тих, рекла сам вам... не пристајем на форме, стеге, шаблоне. Ја сам својеглава и нећу да се мењам. Променићу вас да вам буде лакше да се носите са поразом, да се носите са губитком. То вам је живот. Константно падање, рвање, ваљање у блату... Али кад досегнеш најдубљи кал, научиш да вреднујеш мале ствари, научиш да се видиш у правом светлу. Шта је човек до врећа костију и меса с вечитим очекивањима...

Но, Федор има спортску памет и то је олакшавајуће за њега. Зна да победи, али зна и да изгуби. Знам да ће се снаћи, учи брзо и учи успут. Често на тежи начин, али добро сад... нисмо сви савршени.

Јасно вам је да нема фер борбе. Кад је и једна утакмица у животу била фер? Сви се труде да победе, а правила... па ту су да се заобиђу...

Међутим, нека правила у животу не можемо да заобиђемо. Неке стазе у животу морамо да прођемо и да их добро упамтимо. Живот нас често врати на почетак, ако нисмо били довољно посвећени и искрени према себи. Оно, ресетује нас на фабричка *подешавања, да вам објасним вашим речником. Па ако си упамтио стазу којом си већ једном ишао, знаћеш где је била грешка... Онда буди мудар. Пробај нешто друго, мењај, али не одустај. Никад не одустај!!!*

- Ана -

Стајала је на станици још увек дрхтећи. Није била сигурна у разлог те дрхтавице — страх, љутња или узбуђење. Можда чак све заједно, али Ана сигурно никада не би признала последње осећање. Искључила је музику и извадила слушалице из ушију. Музика јој је додатно утицала на нелагоду, што се готово никада није догодило пре. Штавише, музика ју је увек опуштала и смиривала. Спаковала је телефон у торбу. Аутобуса није било, па се на станици већ створила прилична гужва. Иако је осетила снажну потребу да се покрене, да хода, да потрчи, остала је мирно да стоји. Мисли су јој се ковитлале у глави. „Зашто ме више не остави на миру? Толико је оних које га јуре. Ја нисам једна од њих. Никада нећу бити!", говорила је у себи, не, вриштала је у себи. „Како ћу издржати до маја са њим у истом одељењу?", помислила је.

Аутобус се спуштао улицом и зауставио на станици. Људи су се гурали да уђу у већ препуни аутобус. Ана је одустала од уласка и решила да сачека наредни иако је журила да што пре стигне кући. Није могла да уђе у препуни аутобус у којем би је додиривали непознати људи, наслањали се на њу или дисали јој за врат. Не, сачекаће наредни, не може бити да ће дуго чекати.

Није дуго прошло, а полупразан аутобус се зауставио на станици. Ушла је и села на слободно место до врата. Гледала је обрисе града који су пролазили пред њеним очима. Топчидерски парк, Мост на Ади, познати предели које свакоднезно посматра на путу ка школи и назад. Поподне је журило, а сунце је хрлило западу, крварећи на том путу. Октобар је са свим својим јесењим даровима грлио Београд. Ана је волела да посматра игру светлости на стаклу аутобуса у покрету. Смиривало је сазнање да је проматрала непоновљиву и јединствену лепоту природе баш сада, у овом тренутку, јер већ у наредном слике ће се променити, нестати, осећање задовољства ће избледети, остављајући је изневереном. А изневерили су је много пута пре. И осећања, и утисци, а највише људи.

Онда је помислила на Фећу. Допадао јој се, наравно да јесте. Фећа се допадао свима. И не само због тога што је био тако леп. Не, било је у њему неке животне радости која је обузимала све људе у његовој близини. Глас му је био дубок, али нежан. Никада није викао, никада га није видела ван контроле. Волела је да га слуша када би говорио о нечему што га занима. Тада би му у очима заискрило, плаве дужице би потамнеле. Био је неоспорно паметан. Јако паметан. Била је одушевљена његовом аргументацијом нихилизма и његовим виђењем Ничеовог Заратустре. И професор Срећко је остао без речи, буквално. А то се Срећку никада пре није десило, јер он може да прича, прича, прича... Ћутао је и слушао Фећу, тек понекад климнувши главом. А кад је Фећа завршио, професор Срећко му се наклонио и замолио га да озбиљно размисли о студијама филозофије, јер је Федор Томић био рођени филозоф и то у најбољем смислу те речи. Фећа се само насмешио и захвалио се. Кад се окренуо према њој и насмешио се, замало му није узвратила осмех, ето толико је била одушевљена и ван себе. Но, ипак, само је преврнула очима и спустила поглед на отворену књигу на столу, правећи се да чита. Било јој је лакше да га избегава. Лакше је него да објашњава... Одавно је себи обећала да никада више никоме неће објашњавати зашто је таква каква јесте. Она не тражи да је било ко разуме, прихвати. Она жели да је сви оставе на миру.

Кад се пренула из мисли, готово је закаснила са изласком из аутобуса на својој станици. Брзо је устала и буквално искочила из аутобуса док су се врата затварала. Возач је свирнуо у знак протеста и одмахнуо руком показујући јој да није нормална. Игнорисала га је и кренула ка подземном пролазу како би прешла на другу страну улице.

Пут ка кући ју је увек смиривао. Пролазила је кроз велики парк, вечито пун деце која су се, несвесна света око себе, играла без икаквих предрасуда и предубеђења о другима. Толико им је завидела на тој несвесности. Предрасуде су одувек биле у домену одраслих, јер предубеђења расту заједно са нама, а корен им је увек у породици. Некако, тако лако упијамо ставове наших родитеља и касније, када постанемо свесни оних погрешних, много их се тешко одричемо. Готово као да се одричемо властите породице, као када вам зубар вади потпуно покварен зуб, који угрожава остале, здраве зубе, али то чини без анестезије — наживо. Страх вас је да уопште одете зубару, да не спомињемо седање у столицу.

Као и увек, застала би код дечјег игралишта, посматрала дечју безбрижну игру неколико тренутака, а потом пешачком стазом кренула ка својој згради. Лифт, као и много пута овог месеца, није радио, а станари се никако нису могли договорити око најповољније цене замене дотрајалог лифта. И док су они расправљали о понудама, људи су пешице ишли степеницама. Ана чак до десетог спрата.

Задихана, ушла је у кућу. Врата су опет била откључана. Одмахнула је главом и оштро уздахнула.

— Стигла сам! — рекла је мирним гласом, скривајући нарастајућу напетост коју је осећала у потиљку и која се трнцима спуштала низ кичму.

Нико јој није одговорио. Изула је патике и ушла у дневну собу. На столу у средини собе стајала је шоља за кафу, пепељара препуна опушака и новине, напола отворене. Лампа у углу до прозора је била упаљена, прозори затворени. Устајали ваздух је почео да је дави. Ана је брзо пришла прозору, отворила га, навукла завесе, покупила пепељару, истресла је у канту за отпатке, која се налазила на тераси и однела шољу у судоперу. Потом се упутила ка својој соби. На путу ка својој соби је приметила напола отворена врата спаваће собе својих родитеља. Полако је гурнула врата. Мајка је лежала обучена на кревету. По положају тела, Ана је претпоставила да спава. Полако је затворила врата, пазећи да не произведе било какав звук, јер су врата у кући шкрипала, готово сва. Много тога је у овој кући шкрипало, нису то била само врата.

Ушла је у своју собу. У углу са леве стране био је кревет са тамноплавим узглављем, изнад којег је била неонска лампа. Одмах преко пута врата налазио се мали орман, а уз њега радни сто са уредно сложеним књигама, сталком за оловке и малом лампом. Изнад стола, до краја зида, била је полица са Аниним омиљеним књигама, а у дну кревета, одмах до прозора на сталку је стајала акустична гитара. Та гитара била је поклон њеног оца за десети рођендан. Никоме није дозвољавала да је дира или помера. Није да је о томе морала пуно да мисли, јер сем ње, у ту собу нико није улазио. Ана није имала пријатеље, мајка је ретко осећала потребу да проводи са њом време, а отац... па, он је отишао дан након што јој је поклонио гитару. И више се никад није јавио.

Кад бисте питали Ану како се због тога осећала, не би умела да вам одговори. Тужна, изневерена, љута, напуштена? Да, све то и вероватно још толико тога, али о томе није имало смисла говорити. Како објаснити људима да ти је отац једног јутра устао, доручковао са својом породицом, загрлио жену, пољубио ћерку и изашао из стана као и много пута пре, и никад се више није вратио? Како објаснити другима да је у данима након тога разговарала са полицијом, психологом, социјалном службом и да је на свако питање морала да одговори са „не знам" јер није знала шта се догодило и где је то отац могао да нестане. Месецима га је чекала на прозору, убеђена да ће доћи, да ће се појавити, али га није било. Месеци су се протегли на године и сад јој је јасно да се отац никад више неће вратити, јер учинио би то до сад, зар не? Родитељ никада не оставља своје дете без речи, без неког објашњења. Или поједини родитељи то учине, више није знала.

Мајка је од тог догађаја постала другачија жена. У прво време се чинила јаком и решеном да оца пронађе, јер је била сигурна да ју је оставио због друге жене. Како је време пролазило, решеност је слабила, уверење се мењало. Почела је да говори да му се сигурно нешто догодило, одлазила би у полицију свакога дана да провери има ли нових информација. Како информација није било, постајала је затворена, дистанцирана, далека. Иако је имала само десет година, Ана је знала да је мајка напушта. Не физички, мајка је била ту, Ана је била збринута, није била гладна, али емотивно, мајка је нестајала. Дане би проводила седећи у фотељи и гледајући у даљину. Дешавало би се да данима не размене ни једну једину реч. Повремено би се мајка тргла из те летаргије и на тренутак би се Ани учинило да је то она иста жена, весела, насмејана, брижна, али такви тренуци су се брзо завршавали. Летаргија би се враћала попут брзог воза и све више би мајку повлачила у ћутање, незаинтересованост, илузију. Ана је била принуђена да се сама брине о себи, али и о мајци. Преузимала би временом све њене обавезе. Једино што је радила као и пре, био је одлазак на посао. Мајка би се свакога дана спремила за посао, наместила своју маску задовољне жене и излазила из куће као потпуно друга особа. Радила је у библиотеци на архивирању књига и тај посао је волела. Ана је често размишљала како је тамо могла да се сакрије од себе и да је зато једино тај сегмент њеног живота остао функционалан. У кући, мајка би се затварала у себе, тонула у свој очај и тамо остајала. Није било начина да Ана допре до ње. Временом је Ана престала да се труди. Схватила је да је то тако, да је то њена реалност и да са мајком дели само животни простор и ништа више. Није да је није болело. Болело је и то много, али Ана није имала решење.

Спустила је своју торбу на под поред стола и села на кревет. Наслонила је лактове на колена и длановима покрила лице. Нелагодност коју је мало пре осетила, сада је била озбиљна главобоља. Бол је пулсирала у потиљку у правилним размацима. Полако је легла, тражећи положај у коме би бол уминула бар мало. Затворила је очи, али то није спречило сузе. Плакала је безгласно због главобоље, због самоће коју је осећала у костима и потребе да некоме буде важна, да је неко воли тек тако, без икаквог итереса, због ње саме. Плакала је због страха да се било коме отвори и покаже колико је несрећна. Упркос сузама, није било олакшања, никада га и нема, само утрнулост која не престаје. Сузе су са образа нестајале у њеној коси.

Лежање није помагало, ништа није помагало. Бол је тутњала у потиљку, као да јој неко челичним обручем стеже главу. Пред очима су јој поигравале слике, мешајући се са сузама. Неколико пута је дубоко удахнула, фокусирајући се на дисање. Покушавала је да умири пулс који је дивљао и ударао у вратним жилама. Мигрена је била у свом пуном сјају и демонстрирала је чисту силу. Није било први пут, али иако се Ана привикла на све остале болне ствари у животу и научила да их контролише, мигрену је било немогуће контролисати нити укротити. Све што је могла јесте да чека да се мигренозни напад заврши. Обично се то дешавало изненада, како би и започело. Бројала је удахе и издахе и чекала да бол прође.

* * *

Киша већ данима пада у мојој души. У слаповима, који носе све пред собом у бескрај. Враћам се себи пипајући своје ране, њушећи крв, тргајући красте. На хоризонтима моје светлости таложе се модре алге бола, неприпадања, остављања и тонем у таму, зелену таму без мириса, без покрета. Сваком ћелијом свог бића проналазим некад и проналазим негде. Рука која отпоздравља, прихвата руку која растрже. Разапета, са њима сам раскришће. Мост. Висећи мост над безданима страха. Ослонац ми се љуља, нестаје под ногама, расипа се на све четири стране, мама.

* * *

ОК, људи, знам. Није време за моје придике. Знам. Самоћа је тешка. Не кажу узалуд да је усамљеност мала смрт. Дави те полако из дана у дан, готово и не осетиш док не почнеш већ да се отимаш јер не можеш да дишеш, бориш се да преживиш... Да, то је она позната метафора о кувању жабе, јесте, у праву сте, кад приметиш, буде касно.

А шта радити поводом тога? Какви сте кад сте усамљени? Знате ли? Наравно да не знате, јер сте фокусирани само на себе. Несвесни да живот иде даље и да се Земља и даље окреће. Рећи ћу вам, о, да, хоћу! Није да уживам у томе. Не... већ морате да се освестите, да се „уземљите”, да се осврнете око себе. Само мало...

Прво се угаси светло. Али не одједном, већ се полако затомљује, увлачећи вас у мрак. И не приметиш, а светлости је нестало, неке сенке само промичу, али без облика, без форме... ту су само тек да знате да нисте сами. Све постане тако једнолично, без димензије, не знаш да ли си на небу или на земљи... а док се ти тако самоодређујеш, рупа у утроби се већ отвара. Неприметно. Милиметар по милиметар... док не постане толика да те преузме, да те прогута, као црна рупа у свемиру. Нико се никада са њом није срео, а сви је се боје.

Онда наиђе безвољност. Оно стање препуштања. Као кад плуташ по води. Као у бестежинском стању. Све промиче поред тебе, успорено, готово не уочаваш да се било шта креће. Стојиш ти, стоји време, стоје људи, стоје догађаји. Све стоји и чека да се нешто догоди. Скоро да не осећаш ништа и то те у првом тренутку изненади и готово усхићено прихваташ новонасталу промену. Ништа више не боли. Тупост је свеприсутна и свеобухватајућа.

А онда полако почињеш да тонеш... све дубље и дубље и дубље. Дна нема, никако да га дотакнеш. Рупа у грудима наставља да се шири, пукотине почињу да се појављују на местима где си најтањи, бол се помаља као сунце на истоку у цик зоре... А таман си се навикао да те ништа не боли, да ништа не осећаш, да си туп...

Онда те у загрљај прихвати очајање. Дубока, бескрајна, непрестана бол. Она које не можеш да се решиш, која траје упркос свему и свакоме. Покушаваш да се отргнеш, да се измигољиш из стиска, али што се више трудиш, то је стисак чвршћи, а простора све мање. И то траје, траје... толико да почнеш да се препушташ готово инстинктивно, само да се све око тебе утиша.

Затим наступи она последња фаза. То је туга. Тиха, перманентна, свепрожимајућа река која плови твојим бићем носећи са собом све — смисао и бесмисао, љубав, самоодржање, *читаву људску бит. Ти гледаш како све то из тебе отиче и немаш снаге, немаш воље да се покренеш, да зауставиш, да се одупреш. И кад све пустиш, остане оно што смо у стању да покажемо свету. Љуштура коју носимо са собом унаоколо да сакријемо празнину. Да сакријемо чињеницу да смо се препустили, да смо напустили себе, да смо издали срце, продали душу како би престало да боли.*

Ето тако изгледа усамљеност. Претерујем? Не, ово је улепшана слика. Готово поетска! Ви само немате храбрости да се погледате, рекла сам вам. Лакше је окривити друге за оно са чиме се не можете суочити. Знам, видела сам толико пута...

Није самоћа то што нас вуче на дно. Није ни несрећа. То је мањак храбрости. То је неспособност и неспремност да живимо са сазнањем да смо крхки, слаби и да нам је неопходан ослонац. Кад пронађеш за себе стену која те држи, кад нађеш место у коме се можеш усидрити, самоћа се повлачи као магла пред јутарњим сунцем. Полако, али се у једном тренутку подигне и остави те без даха пред лепотом пејзажа. Тако је и са човеком. Нађеш ли своје сидро, вежеш ли се, трајаћеш... Заувек.

- Федор -

Кад је ушао у кућу, дочекала га је тишина која је готово брујала из сваког ћошка. Томићи су живели у центру града, јер је тако било одувек. Ту су живели и бака и дека и њихови родитељи пре њих. Подразумевало се да се неће селити. Није да је Федор баш то желео, јер навика је чудна ствар. Склизнеш у њу, као што нога упадне у изношену ципелу. И ништа ти не смета, ништа не жуља. Могао је да наброји хиљаду разлога које су предност кад живиш у центру града. А лако је било навићи се на оно што ти одговара.

Стан је био велики и светао, на зидовима су висиле уметничке слике познатих сликара. Дневна соба је била дугачка и отворена, спојена са трпезаријом, а од кухиње одвојена само мермерним кухињским острвом. Дневном собом су доминирале светле боје, којима је контраст правила црна кухиња са хромираним детаљима. На столу је стајала огромна ваза са калама, омиљеним цвећем његове мајке. Томићи су имали новца, али је Федору то било потпуно небитно. Феђа се дружио са људима из свих друштвених слојева, јер друштво није бирао према материјалном стању, већ према радости коју су уносили у његов живот. Будући да је био јединац, често је био усамљен и увек је тражио друштво које би његову усамљеност ублажило. Сада, када је већ био осамнаестогодишњак, имао је пуно познаника, али је само неколицину називао пријатељима. Ипак, било је добро бити окружен људима. Усамљеност се увек боље подноси у друштву. Феђа је то одлично знао, јер је своју усамљеност носио дубоко укорењену испод широког осмеха.

Још на уласку у стан схватио је да код куће нема никога. Као и увек. На столу је била мамина порука где ће пронаћи ручак, као да није умео да отвори фрижидер. Сео је за трпезаријски сто и погледао кроз огроман прозор у даљину, тамо према храму Светог Саве, који се белео на поподневном сунцу. Желео је да се нешто промени у његовом животу. Желео је нешто велико, крупно, нешто што би тектонски уздрмало његов свет. Убијала га је свакодневица која је била толико једнолична да је полако губио појам о времену. Сваки дан исти. Потпуно исти. А осећаји које су ти исти дани доносили, Феђи се нису свиђали. Раније је бар осећао нелагоду, али сада му је било свеједно. То је почињало да га плаши.

Да ли је зато обратио толико пажње на Ану Јелић? Да ли је она та сламка спаса из учмалости сопственог живота и очаја који га је полако, али у потпуности преузимао? Да ли је потреба да буде у њеној близини била огледало његове беспомоћности? И шта је, уопште, он желео од ње? Питања су се ређала, али одговора није било. И што се више питања појављивало, то је Феђа постајао узнемиренији. „Тешко је суочити се са собом, је л' да, фрајеру?", упитао је себе безгласно. Нелагода се поново јавила, испрва у врховима прстију, да би се муњевито раширила по читавом телу, као да је милион мрава милело његовом утробом. Због такве реакције је Феђа готово осетио усхићење. Осећати, макар то било мучење, било је потврда да не луди.

Направио је себи сендвич и укључио телевизор. Брзо је прошао кроз канале, прескачући информативни програм. Живот му је и без политике био потпуно расуло. Укључити политичка дешавања у ту једначину, било је пут ка катастрофи и то у једном смеру. Није да га политичка ситуација у земљи и свету није интересовала, само превише је био летаргичан да се укључи у дешавања. Као да може било шта да промени! То поље је било за људе попут Лазара, који је дисао политику и који ће сигурно у будућности бити велика зверка. Феђа — он је волео спорт, филозофију и музику. То га је покретало, подизало и ту је проналазио задовољство.

Размишљао је куда ће ићи овог викенда. Мрки је правио неко окупљање у свом стану, али Феђа није био расположен за алкохол, прегласну музику и испразне разговоре. А остати код куће није долазило у обзир. Шта да ради сам у кући целог викенда? Маторци ионако имају свој план, који њега готово никада није укључивао. Готово се и не сећа када су последњи пут провели читав дан заједно.

Како би било добрао провести дан у природи, издвојен од остатка света, осећати живот пуним плућима, не мислити о очекивањима, о фолирању на које су сви приморани! Јер сви се фолирају, у то је био потпуно сигуран. Свима је било важно да се покажу у најбољем светлу, а та верзија себе коју нуде, често није имала никакве везе са реалношћу. Знао је то по себи. Знао је да су га сви доживљавали као веселог, духовитог момка, вечито расположеног за шалу, као некога ко је стрпљив, културан. Остављао је слику срећног и задовољног младог човека који има све. Ха! Има све, како да не! Имао је кров над главом, и то одличан рекло би се, новчаник са довољно новца, не, и више од довољног, скупу гардеробу, најновију марку телефона... имао је све то, али није имао оно најважније, оно базично. Није имао корене. Осећао је да не припада никуда, да му стално недостаје оно нешто, што није умео да тачно одреди, али је знао да је велико и да га у свом животу нема.

Искључио је телевизор и кренуо ка својој соби желећи само да спава. Било је лако спавати, јер спавање је нудило тренутни забоарав и тренутно бекство из реалности коју је као џак осећао на својим леђима. Знао је оне који су то олакшање проналазили на другачији начин. Није осуђивао, али није ни разумео. Дроге је било на сваком кораку, од школе до куће — али буквално. Могао си само пружити руку. Федор то није могао, јер упркос безвољности и бесмислу који је интензивно осећао, он није био дефетиста. Није био кукавица. Био је он много тога, али кукавица није.

Бацио се у огромни кревет и затворио очи. Осетио је како се сан прикрада. Лагано је тонуо у измаглицу. Звуци су полако нестајали, претварајући се у ехо. Негде у последњим тренуцима свесности, осетио је да тоне...

* * *

Та тишина, као друга кожа коју свуда са собом носим, из које бих радо да искочим, шта ми говори? Ти ми се дешаваш, прикрадаш се, милиш по мом срцу, а ја желим да ти по вучјем трагу вратим мило за драго, оно што ниси тражила, оно што ниси дала, оно што ниси помислила, јер се као привиђење указујеш у угловима срца мога. И не знам шта да радим. Не знам куд да идем. Па ипак, пријањам уз ту тишину као уз своју другу кожу и питам се шта ми то говори? Шта ми то о теби говори?

* * *

„Тешко је суочити се са собом, је л’ да, фрајеру?", пита се Федор. Ма не, то је лакши део, само ви то никако да схватите! Тешко је живети живот који није твој, у коме си странац самом себи. Тешко је живети према нацрту других, који те не разумеју, које ти не разумеш. То је тешко, Феђа! Суочити се са собом је тако лако, видећеш. Једноставно се догоди. И преживиш.

Неразумевање сопственог постојања, сопствечих тежњи је најчешћи узрок нашег несналажења. Кад вам кажу да сте изгубљени, мисле баш на ово о чему вам говорим. Ја не знам шта хоћу, али знам шта нећу — чули сте милион пута. И Феђа у то верује. Па, добро, сви смо у једном тренутку веровали у Деда Мраза, немојте бити на крај срца! Али ово је најизлизанија фраза коју сам чула. Кад бисте знали шта нећете, овај свет би био идеално место за живот. Озбиљно вам кажем.

Знати шта нећеш је немогуће. Можеш имати тренутна уверења да је нешто за тебе неприхватљиво и да то нећеш. То је у реду. То што данас нећеш, сутра може бити твоја реалност. Или твоја потреба. Или твоја неминовност. Зато немојте тврдити да знате шта нећете. Не зна човек ни шта хоће ни шта неће. Бојим се да његове жеље зависе од тренутка, околности или потреба других. Можда, понајвише потреба и жеља других.

Зато правите краткорочне планове, остварујте своје једнократне жеље, од данас до сутра свет може нестати. Шта ћемо онда?

Пронаћи себе у бесмисленим хтењима, нереалним жељама, неприхватљивим очекивањима је данас важно. Знати ко си, где припадаш, шта те покреће и шта те плаши, е, то је успех. Данас се људи пројектују кроз слике оних који желе да буду и несвесни да је пројекција предвидљива и очигледна, размахују се великим речима и великим жељама. Нереалним. И сами постају измишљени, нереални, виртуални. То ће упропастити овај свет. Неће то бити финансијски крах или неизлечива болест, биће то нереална очекивања, немогуће жеље и непостојећи, виртуелно засновани људи.

Кад наиђеш на нешто или неког ко те примора да погледаш у себе и пронађеш оно што ниси баш очекивао да нађеш, ухвати се за њега и не пуштај. На путу којим мораш да прођеш како би постао човек, чекаће те бол, проћи ћеш кроз крв, зној и сузе, кроз најдубљи очај и најцрњи мрак. И све ћеш преживети ако имаш неког ко ће те пратити у стопу. Ко неће пустити твоју руку никад и ни због чега.

Све што је лако, није вредно овог живота, Феђа! Није вредно...

- Федор -

Кад је отворио очи, у соби је био мрак. Још увек дезоријентисан, није у првом моменту знао где се налази. Трепнуо је неколико пута, а затим пружио руку и укључио лампу, која се налазила на ноћном сточићу. Сензор на мобилном телефону је непрестано блинкао зеленом бојом, означавајући нотификације. Сео је и спустио ноге на под, узимајући телефон. Откључавши га отиском прста, екран је засветлео. Било је неколико пропуштених позива. Сви су били од Мрког и један од маме. Пошто се није јавио, мајка је послала поруку да ће остати у граду са пријатељицама и да себи поручи вечеру ако жели.

Окренуо је Мрког иако је знао шта хоће.

— Е, матори, заспао сам! Шта има? Где гори? — упитао је пролазећи руком кроз косу, склањајући је са лица.

— Који си ти пензионер, човече!!! Ко, бре, спава поподне у осамнаестој години!

— Ха, онај ко је организован, па за то има времена! — кроз смех рече Феђа.

— Само се ти, фрајеру, теши! Организован! Моја тетка је организована, а ја сам слободан! Слободан да жарим и палим ноћас! Него, долазиш? — рече Мрки, више констатујући него питајући.

— Не знам, брате, нешто сам сморен — поче Феђа опрезно.

— Види, обећао сам Влајићки да долазиш! Немој сад да испаднем цава! Мислим, стварно... сморен... Не пренемажи се, него у десет да си се нацртао овде! — у даху изговори Мрки и прекину везу.

Погледао је на сат, било је већ осам. Знао је да ће га Мрки малтретирати читаву ноћ ако се не појави код њега. Федор је устао, протегао се и упутио ка купатилу да се истушира. Било му је неопходно да са себе спере сву тежину данашњег дана. Скинуо се брзо и стао под туш. Млаз воде је лагано клизио низ његово тело, опуштајући га. Стајао је тако под тушем без икаквог покрета и пуштао да са њега склизне умор и мишићи се опусте. Одмахнуо је снажно главом неколико пута с једне стране на другу, насуо шампон у руку и снажно почео да трља косу. „Нек иде бестрага, издржаћу. Можда чак и буде забавно", помислио је док је спирао сапуницу. Искључио је туш, обрисао се и, обмотавши пешкир око струка, изашао из купатила. Отворио је свој орман и извукао белу мајицу и тамне фармерице. Октобар је још увек био прилично топао, тако да ће преко мајице обући тексас кошуљу. Осушио је косу, ставио сат и обуо патике. Погледао се у великом огледалу у предсобљу. Био је задовољан.

Волео је да изгледа добро, иако је знао да је то самољубље и да се тиме не може баш похвалити. Али то је била истина. Изашао је из стана и закључао врата.

* * *

Кад је стигао у Симину улицу, било је скоро десет. Свратио је успут да нешто поједе, јер од поподневног сендвича ништа није јео, а ноћ ће вероватно бити дуга. Улица је била празна, што је било необично, с обзиром на то да је била у најужем центру града. Феђа је подигао поглед, али неба готово да није било. Стајао је насред улице, сам, и ко зна докле би тако гледао тражећи небо, да га оштар звук сирене аутомобила није вратио на земљу. Подигао је руку у знак извињења и брзо претрчао остатак улице, пењући се на тротоар.

Мрки је живео на последњем спрату предратне зграде у Симиној 15. Његови родитељи су живели у кући Мркијевих баке и деке на Фрушкој гори и тек повремено долазили у Београд. Обоје су били програмери и могли су радити одакле год би пожелели. Временом им је Београд постао превише бучан, превише насељен и одлучили су да се преселе у кућу на селу. Мрком није падало на памет да иде са њима. Остао је сам у Београду у троспбном стану у најужем центру града. Ако бисте питали Мрког, рекао би вам да га је срећа погледала, да му је кашика упала у мед и још милион народних мудрости у том фазону. Све у свему, уживао је у својој слободи и ка њој се односио врло нихилистички. Сваког викенда код Мрког су се одржавале најбоље журке у граду. Једна таква је управо била у току.

Феђа је отворио улазна врата стана и ушао. Није било потребе да звони, јер га ионако нико не би чуо. У стану још није било пуно људи, али музика је трештала, ваздуха готово да није било, јер се дим цигарета могао сећи маказама. Фећа је пришао прозору и широм га отворио. Из једне од соба изашао је Мрки у пратњи високе плавуше.

— О, ко се то нама налалао, па нас удостојио свог присуства — кроз широк осмех му је добацио Мрки, подижући руку да се поздрави са Фећом.

— Ово је Федор Томић — значајно је погледао плавушу, представљајући Фећу.

— Мина — једноставно рече плавуша, пружајући му руку са савршено маникираним ноктима. Гледала га је испод ока, скидајући га погледом.

— Федор — мукло је изговорио, и климнувши јој главом, окренуо се и пошао ка кухињи по пиво.

Знао је да је његов поступак био непристојан у најмању руку, али га то није дотицало. Плавуша га није занимала. Била је нападно самоуверена и проматрала га је као поклон, одлучујући да ли ће га покупити или оставити. Није му се то допало. Могао је чак и да призна, да је хтео, да му је то мало докачило сујету, али није хтео и зато је једноставно отишао. Вадећи пиво из фрижидера, проматрао је људе у соби. Већину је познавао из гимназије. Сретали су се на одморима између часова или у кафићу преко пута школе. На фотељи у дневној соби седео је Пећа, умишљени идиот, који је уживао да малтретира друге. А највише Милену, професорку физике. Фећа је неколико пута био у искушењу да му песницама обрише тај љигави осмех са лица. Преко пута њега је седела Сашка Влајић. Е, њу је хтео да избегне по сваку цену. Имала је осмех хијене и јурила га је непрестано, отворено му се нудећи од прве године. Колико год је Фећа покушавао да јој на леп начин стави до знања да га не занима, Сашка није прихватала „не" као одговор. Чекала га је после школе, слала имејлове, поруке. На крају је Феђа морао да буде груб и да јој отворено стави до знања да је не жели у својој близини. Никада. Временом је престала отворено да му се набацује, али је увек била у близини, где год се он налазио. Угледавши га, изазовно се насмешила и кокетно му махнула. Феђа је отпухнуо и на пети се окренуо на другу страну. Вечерас је био баш у лошем трипу. Сви су га нервирали и питао се зашто је уопште и дошао. У неколико гутљаја је попио пиво и премишљао се да ли да оде још по једно кад је у стан ушла Хана. Федор се први пут то вече искрено насмејао. Кад га је угледала, Хана му је намигнула и послала пољубац, показујући му да ће му се брзо придружити.

Хана је била његова пријатељица још из основне. Били су у истом одељењу осам година и седели заједно у клупи четири од тих осам година. Била је прави друг, гласна, отворена и непосредна. Увек је говорила оно што мисли, без устезања или жеље да оно што има да каже пропусти кроз било какав филтер. Имала је мушку енергију, чврст стисак руке кад би се поздрављала, а често су и обарали руке и то не из шале. Волео је да буде у њеној близини, јер је зрачила ведрином и непосредношћу и била готово једино светло у мраку испразних и исфолираних људи који су мрачили Феђину свакодневицу. Кад су завршили основну, Феђа је уписао гимназију, а Хана дизајнерску и путеви су им се разишли. Повремено би се сретали на журкама или у граду, али интезивног дружења више није било. Сваки пут кад би је срео, Феђа је схватао колико му је заправо био потребан пријатељ и увек се питао зашто ју је тако лако пустио из свог живота. А опет, иако се нису често виђали, кад би се срели, изгледало је као да нису били раздвојени дуже од дана. То је та специјална веза коју имаш само са неколицином људи. Феђа је био срећан што је имао Хану у свом животу, па чак и тако.

Хана је била ниска, њена ватреноцрвена коса у потпуности се слагала са њеним темпераментом. Ватрена у свему што ради, свему чему се посвећује давала се стопостотно. Њена енергија је била у стању да помери планине, а харизма је лебдела око ње као заштитно поље.

— Феђолино, изгледаш као да би ти добро дошао један загрљај! — рекла му је, створивши се пред њим готово ни од куда. Насмејао се од срца и примио је у медвеђи загрљај.

Био је од ње виши скоро 40 центиметара, па упркос томе, природно се уклапала у његов лични простор. Подигла се на прсте и звучно га пољубила у образ.

— Човече, колико те дуго нисам видела! Где си нестао, хеј! — викала му је у уво, не пуштајући га из загрљаја.

— Ханчи, брате!!! — нашалио се са њом, као што је то увек радио, још од основне. — Ту сам ја, али ти не силазиш са облака, изгубљена у свету маште, као и увек.

— Ја изгубљена? Охо, другар, погрешно су те информисали. Ја одлично знам где сам, што се за тебе не може рећи. Једна ми је птичица дојавила да је Феђолину потребна чврста женска рука да му покаже пут ка спасењу — завитлавала га је.

— Нема мени спасења, Ханчи. Пакао је моја зона деловања, само још да пронађем адекватан круг — прихватио је њену шалу задовољно.

Федор и Хана су се одувек немилосрдно шалили на рачун оног другог, а такве шале су често биле лековите за обоје. Феђи је заиста била потребна Хана са својим ирационалним женским мозгом и готово божанском интуицијом. Са њом је тако лако могао да разговара, да се не фолира, да се не плаши да ће га погрешно разумети, да ће погрешно протумачити оно што говори. Са Ханом се није бојао да буде онај ко јесте и да покаже колико је заправо, баш као и сви, био рањив.

— Сад те озбиљно питам, Феђа, како си? Не виђам те... — упитала је, а неозбиљност и заиграност у гласу су моментално нестали.

— Онако — рекао је тихо, осврћући се готово неприметно — уморан сам, Хана.

— Дефиниши умор — упитно је подигла обрву.

— Не умем. Физички умор је ОК, повремен, после тренинга. Али сручим се у кревет, одспавам и то је то. Тело ми се не буни. Умор који осећам је... другачији, свеобузимајући. Не знам ни да ли је дефиниција „умор” уопште тачан опис оног што осећам.

— Прецизирај. Опиши — инсистирала је.

Њена визуализација проблема му је била позната. Често је то радила раније, а очигледно то ради и данас. Кад год би имала проблем, о њему је говорила користећи се визуализацијом, бојама, описима и често би тада о себи говорила у трећем лицу, као да говори о неком другом. То му је одувек било чудно и није му било баш најјасније како то функционише. И, ево, сада, ради то поново.

— Празнина. Напетост. Ментална напетост која ми се онда спусти физички у потиљак и рамена. Безвољност. Ништа ме не занима, све ми је досадно. Осећам се емотивно потпуно исцрпљено и то ме љути.

— Шта би могао бити разлог? Имаш ли неку претпоставку? — тихо је изговорила, склањајући му неку непостојећу трунку са кошуље.

— Не. Не знам. Приближава се време за пријаву за стипендију, а нисам сигуран ни да ли желим да идем... школа је смор, исте фаце, исте глупе приче, глупе форе који једни другима уваљујемо... треба ми нешто, Хана! Треба ми нешто ново, одлепићу! Не знам шта да радим... — изговорио је у даху, нервозно пролазећи руком кроз косу.

— Жене? — питала је, опет подижући обрву у знак питања.

Окренуо се око себе, погледавши људе у соби. Није ово место где је желео да води овакав разговор, иако нико на њих није посебно обраћао пажњу. Осим Сашке.

— Није ни место ни време — рекао јој је, набацујући најлепши осмех и правећи се да је све у потпуном реду.

— Феђа, не ради то са мном! — оштро је рекла Хана. — Место није адекватно, али време јесте. Уосталом, хоћеш да ми кажеш да ти се овде остаје? — опет та подигнута обрва која га је излуђивала. Слегао је раменима.

— Немам ништа паметније да радим — нехајно је изговорио.

— Полази! — Хана га је ухватила за руку и буквално вукла кроз собу ка излазним вратима. — Мени нећеш продавати те глупе форе! Шта ти мислиш, ко сам ја! Заборавио си се, друже!!! — сиктала је Хана, пуцајући речима као бичем.

Пустио ју је да га изведе напоље. Ноћ је била ведра, али се звезде нису могле видети, јер је улично осветљење било тако јако да је небо изгледало мастиљаво и замућено. Није било хладно, а из оближњег кафића у Браће Југовића је допирала музика и нестајала у октобарској ноћи. Хана је војничким кораком газила ка Студентском парку, вукући Феђу улицом. Мора да су изгледали комично, јер се један пар на степеништу ПМФ-а насмејао гласно док су пролазили. Омалена црвенокоса као на канапу вуче двометраша као да је перце. Феђи кроз мисли прође прича о карактеру ниских жена, и насмеја се у себи. Хана је била једнака природној сили. Стихији! Толико енергије и темперамента у толицком телу! Готово невероватно.

Кад су ушли у Студентски парк, Хана се дуго освртала, тражећи слободну клупу. Кад ју је коначно угледала, готово је потрчала ка њој, као дете.

— Побогу, Хана! — насмејао се гласно Федор. — Кад ћеш да одрастеш?

— Не ваљам се ја овде у очају, друшкане, него ти! Не суочавам се ја са егзистенцијалном кризом, као пубертетлија, него ти, не треба мени дадиљање, него теби, зато ућути и седи овде! — рече Хана, стојећи подбочена поред слободне клупе и главом му показујући да седне. — Кад смо последњи пут седели овде у парку, причао си ми како те је Наташа из 8/2 оставила да висиш испред Дома омладине и отишла са Салетом у биоскоп — насмејала се, а онда села поред њега на клупу.

— Као да је било у прошлом животу — замишљено рече Федор, гледајући у небо. — Не виде се звезде. Дуго је већ немогуће видети звезде на београдском небу — наставио је тихо. — Овај свет нестаје, Хана...

— Човече, ал’ си ти у бедаку! Шта ти се догодило, Федоре? — забринуто је упитала.

— Све. И ништа. То је највећи проблем. Осећам да ми све недостаје, а реално, шта ми фали? Многи би се упитали, зар не? У мом животу је све константа, нема промена, нема померања, као да је све унапред осмишљено, зацртано. Знаш, понекад имам утисак да могу да видим свој живот као у неком успореном филму, као да пролази мимо мене и растаче се преда мном...

— Види, данас никоме није све потаман. Није ни мени, иако то можда другима тако не изгледа. И није да те сад тешим, никако, већ само покушавам да ти кажем да ниси једини. И ниси сам. Уради нешто са собом, нађи неког, упиши се на плес... — сад је већ шаљиво говорила.

— Да се упишем на плес? — смејући се наглас упита Феђа. — Ти си луда, озбиљно ти кажем!

Хана се окренула према њему и провукла ногу испод наслона клупе, тако да је седела постранце у односу на Феђу. Нетремице га је проматрала. Феђа је био леп момак, али оно што је на њему било најлепше јесте оно што је сакривао од свих, али не и од ње и Хана је била заиста срећна што ју је називао својим пријатељем. Умео је да слуша, а да при том не осуђује, умео је да саосећа са другима, а да при том то не изгледа као сажељење; о његовом интелекту се није морало говорити. Било је довољно да изговори неколико реченица да будете свесни да се пред вама налази изузетно паметно младо биће. Имао је став о свему, али га никада није наметао другима иако је умео врло жустро да брани своје мишљење. И оно што је Хана код њега највише волела — умео је да призна своју грешку и да се извини. Данас је то готово немогуће пронаћи као особину младог човека. Самољубље и лична промоција биле су најизраженије особине њених вршњака, који су иза тога крили своју просечност, незнање и површност. Посматрајући Феђу, пожелела је да међу њима може постојати нешто више, иако је знала да је то било немогуће. Феђа је једноставно био савршени младић за њу, а опет, био јој је најбољи пријатељ. Било је немогуће спојити неспојиво. Уздахнула је и брзо одгурнула такве мисли у најдаљи кутак мозга.

— Пријатељу, то што ти описујеш, ја зовем усамљеношћу. Феђа, мораш да пустиш људе да ти се приближе... — опрезно је изговорила.

— Познајеш ли Ану Јелић? — неочекивано рече у жељи да промени тему и скрене рефлектор Ханиног испитивања са себе.

— Иде са мном у одељење, а чини ми се да је из твог краја.

— Ана Јелић иде са тобом у одељење?! — изненадила се Хана. — Нисам знала... Да, познајем је. Живи у улици изнад моје. Нисмо баш најбоље пријатељице, али сретнемо се у парку понекад. Јавимо се једна другој и то је то. Зашто ме питаш? — заинтересова се Хана.

— Шта знаш о њој? — настави Феђа, окрећући се ка Хани и седајући окренут лицем ка њој.

— Опа, фрајеру! Последњи пут кад си ме испитивао овако о некој девојци, није се добро завршило... — смејала се.

— Не подсећај ме! — Феђа покри длановима лице, смејући се. — Мислим да се никада више нећу тако осрамотити у животу своме! — сад су се обоје смејали. — Како сам тад могао да знам да је Маша твоја сестра! Никад је ниси споменула, никад! Човече, ја ти описујем клинку за којом сам одлепио, а она уђе у собу! Кад ме срчка није стрефила, брате!!! — сада су се обоје смејали наглас. — Ниси хтела са мном да разговараш пет дана! Еј, пет дана!

— Рекла сам ти да ћу ти почупати сву косу са главе и то влас по влас и при том уживати у твом болу... — смех се наставио. — Колико смо имали година тад? — упита Хана док им се смех стишавао.

— Немам појма, мислим да смо ми били шести разред, а Маша пети.

— Човече — рече Хана, благо се осмехујући — као читав један живот да је прошао од тад. Него, Ана Јелић, а? — поче да га задиркује. Феђа уздахну и поново подиже поглед, гледајући у небо.

— Чудна је. Делује хладно и незаинтересовано за све, а опет, приметио сам да је, кад је оно Пеђа напао професорку физике, стезала песнице, као да би му развукла утробу по учионици. Иако је мислила да нико не види, дланови су јој побелели колико их је стезала, а опет, није рекла ни реч, није било никакве, бар за друге, видљиве реакције. Покушао сам да са њом разговарам неколико пута, али бежи, повлачи се и врло јасно показује нетрпељивост. Каже да је прогањам, а обратио сам јој се неколико пута да покушам да цивилизовано разговарам.

— Једна која ти је одолела, а? Па ти повредила сујету, мили мој... — боцкала га је. — Навикао да се бацају господину под ноге, па кад га прва провали, а он се убедачи — сад га је већ провоцирала.

— Ма не, што си зла? — шалио се Феђа. — Другачија је од осталих девојака које сам до сада сретао — уозбиљио се. — Не умем ни да објасним шта осећам кад помислим на њу. Лепа је, без сумње, паметна је, талентована. Чуо сам је једном како свира гитару у кабинету музичког. Нисам могао да верујем, Хана, то је вансеријски таленат. Али девојка је потпуно асоцијална. Нисам је видео никада да је отишла са неким на одмор, да је уопште са неким икада у школи разговарала. Глас јој чујем само када одговара на часу. Или кад мени објашњава да сам манијак који је прогања.

— Ја мало о њој знам. Сећам се да је било неке фрке са њеним ћалетом, да је долазила чак и полиција, али стварно не знам о чему се радило. Сретнемо се у парку, у продавници, понекад у аутобусу, али сем поздрава, ништа... Хоћеш да се распитам?

— Не — чврсто је одговорио Феђа — нема потребе. Рекла си да се покренем? Важи. На плес нећу, али ћу придобити поверење Ане Јелић — готово свечано рече Федор.

Хана га је зачуђено гледала. Није навикла да Федор буде тако... ни сама није знала какав... Чудно јој је било све то у вези Ане Јелић. Откуд толико интересовање за повучену, неприметну девојку? Била је сигурна да одлично познаје Феђу. Сад више није била толико уверена. Нешто јој је говорило да ће Федор Томић тек открити ко је заправо био испод свих маски које је, очито, врло вешто носио. А интуиција Хане Милић је била непогрешива.

* * *

У даљини се виде далеке ватре, гореле су читаву ноћ иако се пуцкетање наше савести још зачуло није. Ниједном. Влага капље из наших промрзлих прстију, наших најежених осмеха и наше укочене животности. Неки велики пожари у даљини још нису запретили нашој тврђави ћутања, претварања, неизговорених неистина. Тамо далеко за нас је још увек све деловало безопасно и наивно смо веровали да смо за тај пламен недодирљиви били. Да јесмо. Да до нас никада неће допрети таласи врелине, који пустоше све пред собом, који пале, растачу, у пепео претварају све наде. О, младости, младости!

* * *

Уклопити се, припадати по сваку цену... О, патетично, Федоре Томићу!!! Умеш ти то боље, фрајеру! Мораш боље. Шта је с овим људима? Зар нико нема петље да се супротстави?

Изузимам Хану Милић! Та девојка има... смелости! Одувек сам ценила људе који су говорили оно што мисле, у лице и свима. Без изузетка. Такви немају пријатеље или их имају јако мало. Људи не воле да чују истину. Као да ће их са небеса, где су сами себе поставили, спустити на земљу, међу обичне смртнике. А не схватају да се одавно и увелико ваљају по прашини. Увек је сигурније оно што је лакше. Лакше је веровати у лажи...

Па опет, постоје људи као Хана. Отворени, директни, бескомпромисни. Људи који сваку своју реч одмере и процене, пре него што је кажу. Такве речи имају тежину, зато често повреде. Чак и кад им намера није да повреде. Али такви људи праве резлику у овом свету где се сви претварају да су нешто друго. Где *свако има спремну маску за сваку ситуацију, где више не знаш ко је ко и ко ти је шта.*

Праве пријатеље препознајем по искрености, одлучности и пожртвованости. Не треба ми константно присуство, бескрајни свакодневни разговори ни о чему. Не требају ми велике речи. Дајте ми дела. Кад је тешко, кад се копља ломе, арена остане често потпуно празна и човек је принуђен да стоји сам, да се рве са непријатељем и да се носи са разочарањем. Јер кад те оставе на цедилу, стварност те тресне по носу, као кад згазиш на грабуље. Отрежњење је моментално и болно. Нешто мора да прокрвари — срце, душа или нос. Како се коме заломи.

„Свет је овај тиран тиранину", рече Његош. Како онда пронаћи сродну душу? И да ли је уопште могуће учинити то у свету где је свако окренут само себи, где видиш само себе и где су ти увек други криви за све, јер те не разумеју, јер ти је тешко, јер те не чују?

Изађи и бори се... Још један стих из песме 80-их, али утврдили смо да не знате ништа о доброј музици, тако да не вреди. Само се не препуштај, па макар морао и плес да упишеш. Није то тако страшно, штавише, често је лековито. Никако да схватите, ал' добро... Понављање је мајка знања, зар не?

[1] Антропофобија — страх од људи

Апстрактно, пречишћено, идеално, то је у исто време и апсолутно, и самим тим један елемент крајње ригорозности, који пружа много дубље и радикалније могућности мржње, безусловног и непомирљивог противништва. Је л' вам чудно да то апстрактно чак непосредније и неумољивије доводи до ситуације „ти или ја", до ситуација заиста крајње заоштрених, до двобоја и физичке борбе?

Чаробни брег, Томас Ман

Новембар, 2012.

- Ана -

Киша је непрестано падала од понедељка. Оловносиво небо се спустило готово до кровова зграда, кошава је носила опало лишће низ улицу. Новембар је показивао своје ледено лице, влага је продирала до костију. Улица је била пуста, тек понеки пролазник би прошао улицом, журећи да се склони са хладноће која је гризла.

Ана је стајала поред прозора и гледала у даљину према Сави, која је мирно отицала. Било је још рано да крене у школу. Припадала је онима који су сматрали да је спавање губљење времена, иако је она времена имала на претек. Па ипак, њен је дан започињао рано. Будила се око шест и никад јој није био потребан будилник. Устајала је без икаквог развлачења по кревету, брзо, готово војнички. Затим би одлазила у кухињу да скува кафу, њен омиљени напитак. Чинило јој се да је могла попити литре кафе, једноставно, уживала је у том напитку и није могла да замисли почетак дана без њега. Држећи у рукама шољу са кафом, посматрала је дрвеће у парку, сада већ голо, како се савија под налетима ветра и стресла се само од помисли да изађе напоље. Па ипак, морала је.

Обукла је фармерице и црни џемпер, обула војничке чизме и обмотала се шалом. У џеп капута је ставила телефон и слушалице, пребацила торбу преко рамена и лагано изашла из куће, закључавајући врата за собом. Кад је изашла из зграде, хладноћа ју је пресекла, готово одузимајући дах. Навукла је капуљачу, јер је киша сипила, а она никада није носила кишобран јер га није волела. Увек би га негде заборавила и никад га више не би пронашла. Увукла је руке дубље у џепове и кренула ка аутобуској станици.

На станици је, као и увек, била неописива гужва. Аутобуси би долазили препуни, а људи би се тискали да уђу, склањајући се од кише и хладноће. Њен је аутобус такође дошао пун, али није могла да га пропусти, јер би закаснила на први час. Ушла је и стегла ледени рукохват. Срећом, вожња до школе је трајала тек неколико станица и брзо се стизало.

Двориште школе је било празно, тек је у ћошку стајала мала група пушача, довршавајући последњу цигарету пред почетак наставе. Ушла је у школу, не дижући главу и кренула ка кабинету математике. Врата су била широм отворена, а из учионице је допирала бука што је значило да професор Смиљанић још увек није дошао. Ана је ушла у учионицу и кренула ка свом месту, у последњу клупу до прозора. Сви су седели на својим местима, углавном гледајући у телефоне. Пролазећи између клупа, торбом је нехотично закачила Пеђу.

— Ало, кретенко! — викнуо је за њом. — Гледај где идеш! — оштро јој је добацио.

Неколико девојака се закикотало, гледајући је с очигледним потцењивањем и чекајући њену реакцију. Није било први пут да јој се Пеђа тако обраћа, али већ неко време је није примећивао и Ани је то одговарало. Није желела да му се поново нађе у фокусу. Застала је, изнервирана, али је само кратко уздахнула и не гледајући га, наставила до свог места. Скинула је капут и окачила га на чивилук, који је у ствари био једна летва која се протезала од почетка до краја зида, у коју су биле укуцане металне качице. Вратила се до столице и села, скидајући шал. Сложила га је уредно, па га спустила на сто. Извадила је свеску и прибор и гледала испред себе, чекајући да се професор појави и почне час. Из џепа фармерица је извадила гумицу за косу и једним потезом је завезала у низак реп. И даље гледајући испред себе, периферним видом је ухватила Пеђу како устаје и креће према њој. „Немој, молим те, само ме промаши", замолила је у себи иако је тачно знала да јој то неће вредети. Пришао јој је дугим кораком и стигавши до ње, једном руком се ослонио на наслон њене столице, а другу је руку положио на сто. Нашавши се заробљена између прозора и Пеђе који се надносио изнад ње, Ана је осетила како јој се суше уста и руке почињу да дрхте. Није подигла поглед ка њему, већ је и даље гледала у сто испред себе. Знала је да, ако га погледа, да ће Пеђа то схватити као провокацију и трудила се да остане мирна упркос лудачком страху који је осећала.

— Зашто не гледаш где идеш? — упитао је готово шапатом. Ана је ћутала, док јој се дрхтање ширило телом.

— Знаш ли колико си јадна? Не, мислим да не знаш, јер да си тога свесна, убила би се. Јаднице! Прљаш ми животни простор, твоје присуство загађује ваздух у овој учионици — претећи јој се обратио, сада подижући тон да и остали могу да га чују. Жамор се у учионици полако стишао.

Свима је било јасно да се ово неће добро завршити. Кога Пеђа узме на зуб, томе се не пише добро. Јер Пеђа је био класични насилник. Један од оних који није презао ни од чега, а уживао је да кињи и малтретира друге. И то углавном оне слабије од себе. Тата му је био инспектор у полицији и све пријаве за насиље су остајале без икаквог епилога. У школи су му се сви склањали, па чак и професори. Нико није желео да се супротстави Пеђи Золтићу.

Ана је ћутала и гледала испред себе. Дах јој је постајао плићи и све је теже дисала. Страх је колао њеним телом, пулс јој је дивљао и имала је утисак да ће се сваког тренутка онесвестити. А професор никако да дође.

— Пеђа, молим те... — тихо је изговорила Ана — склони се, не могу да дишем.

— Види, види... па она уме да говори! Још ме и моли, е то је стварно ексклузива! — смејући се изговори Пеђа. — Мислим да те нису добро чули, јаднице! Ајде то мало гласније — рече, чекајући Анину реакцију. — Ајде, ајде, гласније — викао је и руком којом је био ослоњен на наслон њене столице јако је повуче за реп, цимнући јој главу уназад.

Бол је прострујала њеним телом и Ана затвори очи. У учионици је био тајац. Нико се није померио, сви су ћутали и посматрали сцену која се одигравала пред њима.

Како ју је Пеђа јако повукао за косу, Анина глава је била забачена уназад, откривајући јој врат. Видело се по вратним жилама како јој пулс удара лудачким ритмом. Пеђа ју је слободном руком ухватио за врат и почео да стеже. У том тренутку, Ана га је лактом из све снаге ударила у стомак, избијајући му ваздух и Пеђа ју је пустио, пренеражен њеним поступком. Благо се повио, покушавајући да дође до даха. Ана је устала и покушала да га заобиђе, како би прошла поред њега, али је Пеђа ухватио за надлактицу и окренуо према себи.

— Кучко мала — зарежао је — убићу те и твоје ћу удове послати оној лудачи од твоје мајке да је обрадујем! — викао је Пеђа, стежући јој руку.

Ана га је другом руком покушавала одгурнути и не успевајући да се ослободи, огребала га је по руци. Следеће што је осетила јесте оштра бол која јој је севнула кроз слепоочницу када ју је Пеђа из све снаге ошамарио, тако да је пала на под. Крв је шикнула из носа. Тишина је била заглушујућа. Ана није знала да ли јој се причињава или су јој од силине ударца попуцале бубне опне, тек ништа није чула. Вид јој се мутио и била је благо дезоријентисана. Дах јој је био плитак, није могла да дише... тек онда је схватила да је Пеђа дави. Била је сигурна да је то последњи тренутак њеног живота. Оно што јој је било занимљиво, и готово се насмејала томе, јесте да јој пред очима није пролазио никакав филм успомена, као што су говорили они који су се сусретали са смрћу. Или јој још није било суђено или је све то измишљотина како би скороумирући оправдали пред другима, али можда чак више пред собом, свој страх. Није знала шта се око ње догађа, знала је само да не може да дише. Тама се полако прикрадала њеној свести, претећи да је у потпуности преузме, а она јој се с радошћу препуштала, јер више није могла да поднесе бол, понижење и тугу.

„Можда је најбоље овако", помислила је, препуштајући се. У тој последњој мисли, учинило јој се да је чула да је неко дозива...

* * *

Како се одређујем према догађајима који ми разруше све зидове иза којих се кријем? Кад ме открију и изложе, а за то нисам спремна? Како да се усправим после удараца које нисам очекивала, за које никада нисам претпоставила да ћу их добити? Који нису били намењени мени, већ неком ко живи унутар мене, скривен и непозван?

Како?

Прво су заблистале боје — црвена, па златна, па црна. Онда су нестали звуци. Тишина се спустила као тег, а потом као копрена испод које нестане све. Па и читав свет. Одјеци се губе у даљини, пулсирајући ехо догађаја из неког претходног времена, коме више нема ко да сведочи.

Опипавам своју кожу, ослушкујем дамаре страха у жилама, питам се ко сам постала у тој измаглици која никако да се разиђе, да се подигне, да удахнем... Слушам како крв бруји, пева и слива се низ вене, једноставно отичући из мог срца.

А кад отворим очи, тама се разиђе, али светлост никако да се пробије до мене. Потребан ми је предах, потребно ми је да се све утиша, да се сви склоне, да ме пусте само да дишем, да трајем, да се одморим...

Руке, гласови, лица... све се стопило у безобличну целину. Одједном, кад се све смири и звуци се полако врате у реалност, видим да све што сам покушавала да учиним да нестане, стоји преда мном као крст који чека да га понесем. Да сви чекају шта ћу учинити. Да ли ћу се сломити и поклекнути под тежином догађаја или ћу пружити руку, прихватити крст који ми следује и устати. Шта ће бити, Ана? Само ти знаш. Само се ти питаш. Само ти одлучујеш.

* * *

Гледала сам толико пута како се снови руше, како се распадају бедеми живота, како се људи предају после година и година беспоштедне борбе, кад су били на корак од победе. На корак до циља. На корак до остварења снова. Али то нису знали. Нису били довољно стрпљиви, довољно истрајни. Знам тачно како изгледа тај моменат кад одустанеш.

У Ани сам видела тренутак кад се угасио последњи блесак воље. Једноставно је згаснуо, склизнуо са њеног длана и скотрљао се на под. Тако лако. Без опирања, без буке, без борбе. И видела сам тренутак кад је у њој букнуо пожар побуне као одговор на умирање воље. Видела сам и осетила како се мења. Знала сам да се није завршило. У ствари, тек је почело...

- Федор -

Опет се успавао. Биће то ко зна који неопраздани у низу. Журно је прао зубе, размишљајући о предстојећем дану. После школе је морао на тренинг, јер јуче није стигао због Мрког и његових комбинација. Тренер ће га убити, а није био у стању да поново слуша тираду о томе колико је талентован и како ће због пробисвета да прококца животну шансу да направи нешто добро. Зграбио је јакну из предсобља и истрчао из зграде, јер га је такси већ чекао. Облачио се успут. Ускочивши у такси, рекао је адресу школе и загледао се у суморно јутро. Ни он се није осећао ништа мање суморно.

Кад се такси зауставио, платио је и истрчао. Готово је претрчао школско двориште у неколико корака и улетео у школу. Журио је ка кабинету математике, молећи се да је Смиљанић поново каснио. Врата кабинета су била отворена и чуло се само Пећино урлање. „Не поново, човече", помислио је и ушао у учионицу. Призор који је затекао, прогањаће га читавог живота. Пећа, наднесен над Ану, која готово беживотно виси из његових руку. На поду локва крви. На лицима ученика потпуни шок. У два корака је био иза Пеће, хватајући га за рамена и окрећући га према себи. Изненађење му се оцртало на лицу, кад је погледао у Фећу.

— Шта радиш то, идиоте! — урлао је Фећа. — Хајде, животињо, удари мене, хајде — викао је Федор уносећи му се у лице.

Осетио је како га обузима неконтролисани бес и жеља да га убије. Није могао јасно да размишља, читава утроба му је горела.

Окренуо се ка Јелени, омаленој плавуши:

— Зови полицију! Одмах! — викао је.

Јелена је, као теледиригована, устала и истрчала из учионице, вичући на сав глас. Утом, као да се и остатак одељења тргао, до Феђе су се нашли Мрки и Сале, хватајући Пеђу, који се отимао и насртао на Федора.

— Пусти га, Мрки, пусти га да му покажем како изгледа кад те туче јачи! Да види, кукавица, како то изгледа — тресао се од беса и даље насрћући на Пеђу, кога није могао да дохвати јер је међу њима двојицом стајао Мрки.

Мрки је Салету главом показао да Пеђу изведу напоље и њих двојица су се покренули. Придружили су им се још неки момци и Пеђа је, као крпена лутка, изнесен из учионице. Феђа је клекнуо поред Ане, полако је подижући док јој је склањао косу са лица. Крв је и даље лила из носа, сливајући јој се низ врат и потиљак. Био је шокиран њеним бледилом.

— Ана, Ана — полако је дозивао, бришући јој крв са лица. Неко му је у руку ставио марамицу и он ју је прислонио на Анин нос, јако стежући, у покушају да заустави крварење. — Само ме погледај, молим те — тихо јој је говорио. — Молим те, отвори очи — глас му је готово дрхтао.

Ана је непомично лежала, плитког даха. Нај961едном су јој трепавице заиграле и полако је отворила очи. Гледала га је нетремице, као да га први пут види, а затим се тргла, тело јој се напело и буквално му се отргла из руку, повлачећи се ка зиду. Кад је покушао да јој се поново приближи, подигла је руку у намери да га заустави, главу је окренула на страну како је не би могао гледати. Ипак, Феђи није промакао унезверени поглед који му је упутила и који га је готово оставио без даха. Није могао да верује да га се боји. То га је пренеразило и растужило. Њена испружена рука, којом је правила дистанцу између себе и њега је дрхтала.

— Ана, молим те, то сам ја, пусти ме да ти помогнем — готово је молио Феђа.

Она је одмахивала главом и даље испружене руке, не дозвољавајући му да јој приђе. Утом су у учионицу утрчале психолог и разредна Тамара Јовић, а за њима и Јелена, која је остала крај табле, бришући сузе.

— Изађите сви напоље — викала је разредна — и да нико није изашао из школе. Томићу, ти остани! — рекла му је не гледајући га.

Сви су без гласа напустили учионицу, остављајући њих четворо саме. Ана је и даље седела на поду, наслоњена на зид са испруженом руком испред себе.

Федор је био очајан. Осећао се толико беспомоћно, болело га је, готово физички, сазнање да је закаснио. Да је само стигао раније, да се није успавао...

Размишљајући о томе, поново га је обузео бес и он је из све снаге шутнуо столицу, која је одлетела преко учионице, ломећи се о зид. Ана се тргла и покрила рукама уши. То је још више избезумило Феђу, који је, видевши њен страх, све теже контролисао своје емоције.

— Федоре Томићу, среди се одмах! — зарежала је разредна. — Не помажеш ми тако. Она је уплашена и крвари, а не дозвољава да јој приђемо. Молим те — спустила је глас готово до шапата разредна, гледајући га интензивно.

Потом се окренула Ани уз коју је клечала Мира, наш психолог.

— Ана, пусти нас да ти помогнемо, молим те, морамо да зауставимо крварење. Молим те — сталожено јој се обраћала Мира.

Ана и даље није реаговала. Седела је наслоњена на зид, са рукама преко ушију. Као да се потпуно искључила, као да више није била ту у учионици. Федор је знао да мора да допре до ње, било како, али одмах. Што је време више пролазило, биле су мање шансе да Ану врате из тог стања у коме се налазила. Федор се бојао, јако се бојао.

— Ана, устани! — изненада рече Федор чврстим гласом, али не прилазећи јој. — Хајде, устани. Идемо у полицију!

На помен полиције, Ана се окрену ка њему и погледа га панично.

— Не! Нећу у полицију! — рече. — Не желим да идем у полицију — изговори чвршћим гласом прелазећи погледом са Федора на Миру и разредну.

— Добро, нећемо у полицију — опрезно рече психолог — али мораш да устанеш са пода, морамо да те оперемо и зауставимо крварење.

Ана полако помери поглед на Федора, па га брзо врати до Мире и разредне, које су клечале поред ње.

— Добро. Али не желим да он иде са нама — рече Ана, показујући главом на Федора.

— У реду, неће ићи. Федоре, иди у моју канцеларију и не мрдај одатле. Јасно? — рече Мира, значајно га погледавши.

Федор климну главом, не гледајући у Ану. Био је очајан. „Зашто се мене боји, побогу”, упита сам себе, „шта сам ја урадио?”, настави разговор са собом. Али одговора није било. Федор се окрену и дугим корацима изађе из учионице.

* * *

Данас сам био, први пут у животу, у озбиљном искушењу да убијем човека. И хвала Мрком што ме је зауставио. Мрки је блента, али је добар друг. Сви то знају.

Срце ми је стало кад сам видео Пеђу како је дави. Одлепио сам кад сам схватио да сви седе и посматрају, као у позоришту. Реаговао сам инстинктивно, животињски. И није ми жао. Жао ми је што су ме зауставили, па нисам стигао да му покажем како је то кад се бориш за ваздух, кад си беспомоћан, кад си остављен на милост и немилост другоме.

Диши, Феђа! Само диши!

Где иде овај свет? Шта нам се то догодило? Шта треба да ти се откачи у глави, у срцу да насрнеш на слабијег од себе и да у томе уживаш? Јер Золтић је уживао, у то нема сумње.

Како да се одредим према данашњем догађају? Како да верујем да људи нису само кварљива роба? Како да се одредим према Ани кад замало нисам умро кад сам је видео онако беживотну, уплашену и беспомоћну на поду учионице у локви крви која је лила, и лила, и лила...

Како да не признам себи да ми је стало, много ми је стало, а не умем да се носим с тим осећањем. Не умем да га дефинишем, ни обојим као Хана. Не умем, а дави ме, не да ми да затворим очи а да ме не подсети да је ту. Не да ми да станем, размислим, удахнем, већ ме тера да као лав браним оно што је моје, што ми припада.

Ја не знам коме припада Ана Јелић. Али знам да желим да је заштитим. Знам. Осећам, у срцу осећам да се нешто откида...

* * *

Понекад, једноставно, мораш да се укључиш. Да се одредиш, да делаш. Или да се склониш у страну, будеш посматрач, држиш се на сигурном одстојању. Уклопиш се у масу, да се случајно не издвојиш, да не упадаш у очи. Једноставно дође тренутак да покажеш ко си.

Морам да вам признам да нисам сумњала у Федора ни тренутак. Јасно вам је да ми се тај момак допада. Не само зато што је озбиљно добар фрајер. То се, наравно, подразумева, већ зато што реагује у тренутку, срцем. Не боји се да га покаже и да га изложи љубопитљивим погледима. Није то лако. Не у свету у коме живимо, где се прорачунатост подразумева и једино рачуна. Где је бити осећајан мана, слабост и знак да си недовољно мушкарац. Будалаштине!!!

Ако покажеш да ти је стало — слаб си. Ако не показујеш осећања — суров си. Ко ће овом свету угодити? С правом се питамо шта треба учинити. Не можеш мимо света, то је сигурно, али не можеш ни са тим светом ако је погрешан, безосећајан и суров. Како ускладити те две ствари? Како бити човек? Како не изгубити себе у одлукама које доносимо свакодневно, јер смо на то приморани? Како помоћи другима ако нисмо у стању да помогнемо себи? И на крају, како волети ако не смеш да покажеш да ти је стало, ако не можеш да се отвориш и даш, ако не можеш да идеш укорак са другом особом без страха да ћеш бити повређен?

Како, реците ми? Уосталом, откуд сад љубав у целој овој причи?

Ја бих могла да вам кажем шта је решење по мом мишљењу, али нећу. Уосталом, никад ме не послушате, никад ми не верујете довољно да ми пружите шансу да вам покажем да постоје и други начини. Можда више боле, али је зато радост већа на крају пута...

Можда ће ми Феђа поверовати, можда се усуди да учини оно што већина не сме...

Држим му фиге, озбиљно вам кажем... Тај ми се момак озбиљно, озбиљно допада!

- Ана -

Чекала је само да изађе из учионице. Тај његов поглед ју је више болео него Пеђин ударац. И није знала зашто. Није да је нешто осећала према њему, јер заиста није, али у том погледу је било толико бриге, и усудила би са да каже чак и бола, да Ана то није могла више поднети.

Кад је чула да је неко дозива, ухватила се за тај глас као за сам живот. Желела је да се одупре тами која ју је обузимала, вукући је надоле. У првом моменту није могла да одреди коме је глас припадао, али кад је отворила очи и угледала његов плави поглед у коме се готово видела физичка бол, нешто ју је заболело у дну душе. Морала је да се отргне из његових руку. Морала је да буде на безбедној удаљености од свих. Кад га је погледала још једном, лице му је покривао измучени израз, за који није могла јасно да утврди да ли је било сажаљење или жалост. Морала је да се склони, зато је направила преко потребну дистанцу међу њима.

Разредна и Мира су је смиривале, али је њено ментално стање било врло проблематично. Осећала је све и ништа. Утроба јој је подрхтавала, лице јој је горело, али ум јој је био готово потпуно празан. Утом је Федор шутнуо столицу, а звук ударца столице о зид ју је избезумио. Покрила је рукама уши и само желела да нестане, да све престане, да је само оставе на миру. Сви.

Мира јој је нешто говорила, али је Ана није чула. Њене су мисли биле далеко. Осећала је бол, али суза није било. Суза одавно није било. Последњи пут је због неког плакала кад је тата отишао. И обећала је себи да нико више никада неће бити узрок њених суза. Све их је тада исплакала, баш све и стазила тачку на то поглавље живота, затварајући врата свог живота оцу који је очигледно није желео. Али су та врата остала затворена свима.

Из размишљања је тргао Феђин глас, тражећи јој да устане и да иду у полицију. Тргла се као да ју је поново неко ударио. Погледала га је, молећи се у себи да то не мисли озбиљно, јер она у полицију неће ићи. Не може. То ће јој отворити ране које је зашила заувек, а ако би поново почеле да крваре, Ана се никада више не би опоравила. Уосталом, ко каже да се уопште опоравила? Она је само врло вешто играла улогу коју јој је судбина доделила.

— Не! Нећу у полицију! Не желим да идем у полицију — рекла је одсечно.

Мира јој је рекла да неће ићи у полицију ако пристане да устане и среди се, јер крв је била свуда око ње. Тек тада је постала свесна да јој нос крвари. Ипак, није желела Федора у својој близини, не сад. Још увек је била слаба и бојала се да ће сви њени одбрамбени зидови пасти и да ће остати пред њим потпуно огољена, изложена, са свим својим слабостима и рањивошћу које је тако дуго и тако вешто скривала. Не, не може да то дозволи сада, остало је још мало до завршетка гимназије.

— Добро. Али не желим да он иде са нама — рекла је, показујући главом на Федора.

— У реду, неће ићи. Федоре, иди у моју канцеларију и не мрдај одатле. Јасно? — одсечно му је рекла Мира.

Видела је како је Феђа климнуо Мири главом и изашао из учионице, не погледавши је. Осетила је готово моментално олакшање. Само да није ту поред ње, у том тренутку једино је о томе размишљала и једино јој је то било важно. Није могла себи да одговори зашто или није хтела, није више ни било битно.

— Хајдемо полако — умирујућим гласом је рекла разредна, хватајући је за надлактицу и полако је подижући са пода.

Мира ју је потхватила са друге стране. Подижући се са пода, Ани се завртело у глави. Крв је и даље капала из носа, сада знатно мање, али читаво лице, врат, коса и џемпер су били окрвављени. Џемпер је био црне боје, па се крв није видела, али је Ана осетила да је џемпер са леве стране био натопљен.

Изашли су из учионице. Цело одељење је стајало у ходнику, посматрајући је без речи. Ана је спустила главу, али како јој је коса била свезана, није могла да сакрије своје лице. Осетила се тако изложено... Разредна је дошапнула нешто Јелени, која је климнула главом и отрчала низ ходник, а затим се обратила одељењу:

— Идите у мој кабинет и да се нико није померио док ја не дођем. Биће са вама професорка Јелача.

Полако су њих три ишле ходником ка тоалету за професоре који се налазио мало ниже од зборнице. Мира није желела да Ану додатно излаже знатижељним погледима, али требало је да се Ана умије и спере крв са лица како би се утврдило колико је повређена.

Ушле су у тоалет и Ана је пришла умиваонику. Мира је опазила како се уопште није погледала у огледалу и направила менталну забелешку да са Аном озбиљно поразговара кад се све ово слегне. Директор је позвао полицију и Мира се надала да су Золтића већ одвели. Није да није знала да ће се тата Золтић већ побринути да се о инциденту ништа не дозна. Била је због тога бесна, али и немоћна. Сви њени извештаји о понашању Пеђе Золтића, сва њена запажања о насилништву били су достављени полицији и Министарству просвете, али сем одговора Министарства да је неопходно појачати васпитни рад са учеником, никаквих других информација о поступању није било. Тако да су Мири руке биле везане. И не само Мири — већ свима.

Ана се умила и крварење је напокон стало. Преко целог левог образа, који је већ био отекао, ширила се велика модрица. Врат јој је био покривен видљивим црвенилом и било је јасно да је Пеђа давио, као што је било јасно да ће за који сат то црвенило бити модрице.

— Морамо да ти ставимо хладну облогу на ту модрицу — рече јој разредна, гледајући је с мајчинском бригом.

— Идемо у канцеларију директора — рече им Мира. — Моја је заузета, Томићу сам рекла да ме тамо чека. Морала сам да га склоним од Пеђе да га не би убио. Са њим ћу разговарати касније.

Изашле су из тоалета и ушле у канцеларију директора, која се налазила преко пута. Канцеларија је била празна и Ани је лакнуло због тога.

— Морамо да зовемо твоју маму и морамо те одвести у хитну помоћ — обратила јој се разредна.

— Не треба — тихо рече Ана — нећу у хитну, добро сам. Крварење је престало. А маму немојте звати, молим вас... — глас јој је већ дрхтао.

— Шта се догодило, Ана? — питала је психолог опрезно, као да се бојала евентуалне Анине реакције.

— Ништа. Прошла сам поред Пеђе и случајно га закачила торбом по рамену. Као да Пеђи треба неки разлог... — рече, слежући раменима.

И то је било све што је рекла. Колико год да су се две жене трудиле, Ана више ништа није желела да одговори у вези са нападом. Само је одмахивала главом и слегала раменима.

— Могу ли, молим вас, сада да идем кући? — питала је са евидентним умором у гласу.

— Ја ћу те одвести — рекла је разредна — идемо до паркинга, тамо ми је ауто.

— Хвала Вам — одговорила ја Ана, климнувши главом. — Хвала и Вама, Миро — обратила се психологу и изашла из канцеларије директора погнуте главе.

— Чим је одвезем, враћам се да видимо о чему се овде, побогу, ради — рекла је Мири Тамара Јовић, разредна IV/5.

— Знамо сви о чему се овде ради, Тамара! — оштро уздахнувши, рече Мира. — Покушај да разговараш са њом. Види да ли ће ти нешто рећи. Врло сам за њу забринута — рече Мира, излазећи за Тамаром из канцеларије.

* * *

Хоћу да идем кући! Молим вас, пустите ме да идем кући. Уморна сам, уморна... само хоћу да будем сама. Зашто је одједном свима стало да ми покажу да желе да ми помогну? Зашто ме јуче нико није видео? Зар је Пеђа ово урадио први пут? Није. Престаните да се фолирате! Сви! И пустите ме да идем кући.

Нећу да причам о томе шта се догодило. Нећу, јер то неће ништа променити. Драмићете мало неколико дана, уздисати кад ме сретнете на ходнику и суочите се са мојим модрицама и све ће поново бити као пре. Јер тако то људи раде. Претварају се да им је стало. Претварају се да све знају, да имају решење за све. Али решења су само онаква каква њима одговарају. Нисам до сада видела да се некога тиче како се ја осећам и шта ми је потребно!

Као да је решење позвати моју мајку. И шта ће она урадити? Шта је она икада урадила? Морам да се смирим. Морам рационално да размишљам. Љутња ме тера да покажем емоције. Не желим. Нећу.

Могу ли, молим вас, да идем кући? Молим вас!

* * *

Зашто је бежање од проблема увек пут који се инстинктивно бира? Како је могуће да људи у то верују? Озбиљно се изнервирам сваки пут! Стварно вам кажем. Можда сам ја нестрпљива и можда се не разумем пуно у психолошке технике за самопомоћ, али молим вас... Ја бих то решила мало другачије, мало више у Пеђином стилу... Некад једноставно немаш избор, тј. избор ти се сам наметне.

Добро, можда баш и не бих као Пеђа, али сад сам узнемирена, па ми је језик бржи од памети, а прсти ме сврбе, јер... ма све вам је јасно, шта вам цртам!

Разумем да је Ана особа која се не уклапа у калупе које јој друштво намеће и то је у реду. Али она се не уклапа ни у какве калупе. Не можеш јој прићи ни са које стране. Како закорачиш, тако пусти бодље, као јеж, као бодљикаво прасе. Брани се и кад је не нападаш. Брани се јер је то једино што зна, једини начин који познаје и једини пут којим је до сада ишла. Затворити се потпуно, искључити се и искључити све из своје околине је за Ану једини начин.

Да приђете Ани, морате мењати стратегију. Морате је изненадити, натерати је да спусти зидове, натерати је да види свет из другачије перспективе. Морате бити другачији, своји, неукалупљени бар толико као она. Е, а такви су баш, баш ретки.

Разумем Миру. Њена је струка путоказ који је води. И углавном је води у правом смеру. Али не и са Аном. Удариће Мира у зид. Сигурна сам. Не, знам да ће тако бити.

За разредну нисам сигурна. Она има неку ширину која се не да измерити. Не планира, не разрађује стратегије. Она се води срцем. Врло је слична Федору... Видећемо шта су околности смислиле за њу.

Ух, као да смо на групној психотерапији или на астролошкој консултацији. А ако је Меркур ретроградан... неће ваљати!

Шалу на страну. Ваља се покренути с мртве тачке. То је увек најтеже, тај први корак. Кад закорачиш и кренеш, пут те једноставно води и све постаје једноставније. Или бар тако изгледа. Отворена су врата Ани за срца многих људи. Само јој треба показати како да уђе. То је најтеже, све остало је много, много лакше.

- Федор -

Федор је ходао канцеларијом психолога, као лав у кавезу. Није могао да седи нити да рационално размишља. Што је више времена пролазило, то је његов бес бивао већи и све га је теже било обуздавати. Мислио је на Ану и на то колико је повређена. „Где си сад, Миро, побогу, полудећу више”, говорио је у себи.

Врата су се изненада отворила и Мира је ушла у канцеларију лаганим кораком.

— Како је Ана? — с нестрпљењем је упита Феђа.

— Ану је Тамара одвезла кући — смирено одговори Мира — није желела у хитну и није желела да позовемо мајку. Имаће гадне модрице по лицу и врату, али нос није сломљен, хвала богу!

Мира га озбиљно погледа, ћутећи неколико тренутака, процењујући колико му истине може рећи и колико истине Феђа може у том тренутку поднети.

— Али то је оно што ме мање брине — рече. — Модрице ће проћи. Мене брину друге ствари — озбиљно рече и седе за свој сто, отварајући свој роковник и записујући нешто.

— Знам — рече Феђа и седе на столицу преко пута ње. Изгледао је уморно.

— Она се ни са ким не дружи, увек је сама... — поче замишљено да говори Феђа. — Данас сам каснио у школу — рече, гледајући Миру у очи и лагано вртећи главом, као у неверици — успавао сам се. Није се укључио аларм на телефону. Звао сам такси не бих ли што пре стигао и кад сам ушао у учионицу, она је била на поду, а Пеђа је стајао изнад ње. Нисам добро видео у том тренутку, али кад сам пришао... било је толико крви, Миро! А она је беживотно висила у његовим рукама... — Феђа је заћутао и поглед окренуо ка прозору, гледајући у остатке загаситосивог неба у даљини. Изгледао је као да обуздава емоције и као да му је то ужасно тешко да учини.

— Изгубио сам контролу, мислио сам да ћу га убити! — покушао је смирено да говори — али, Миро, најгоре од свега је што су сви седели на својим местима, као да се ништа не дешава. Оставили су девојку са којом су четири године свакога дана у учионици на милост и немилост садистичком скоту! — с неверицом је говорио Феђа, устајући са столице.

— Феђа — започе Мира упозоравајућим тоном.

— Миро, немој! Немој бар ти! Хоћеш да кажеш да није садистички скот? Малтретира све редом! Па, шта све ради Милени физичарки??? — викао је Феђа. — Немој се крити иза своје титуле, јер бар ти мораш много боље! — уперио је прст у њу. — Мораш, Миро! Не ради се овде само о Ани... двадесет и кусур ђака седи и посматра како скот туче девојку, њихову другарицу!!! Овде нешто дебело није у реду и ти то знаш! Знаш! И немој се правити да све разумеш и не усуђуј се да ми кажеш како морам да будем толерантан, јер нећу! Нећу, разумеш! А не смеш ни ти, иначе ћеш изневерити све ове људе овде којима треба да помогнеш, ако уопште више може да им се помогне! Изневерићеш Ану Јелић! Ми смо је сви изневерили, немој и ти — глас му је пукао и сручио се назад у столицу, са које је у бесу устао и покрио длановима лице.

Рамена су му се тресла у безгласном плачу. Очај је покуљао из њега попут лавине и није га било могуће зауставити. Плакао је као дете. Федор Томић, двометраш, вечито насмејан младић који је свима у живот уносио радост, седео је на столици у канцеларији школског психолога и плакао. И није га било срамота.

Мира је погнула главу, суочавајући се са сопственим очајем и суспрежући сузе. „Шта се догодило са овим младим људима и шта ја овде уопште радим?”, питала се у себи, схватајући да јој знање овде ничему више не служи, јер очигледно је било касно. Могла је да прихвати пораз или да настави да глуми како је све могуће поправити. А дубоко у себи је знала да није било могуће и да се у овом суровом свету броје само они који умеју да преживе, они без моралних начела, они који су могли да се погледају у огледало и не осете ништа. Бојала се да у таквом свету није било места за Федора Томића и Ану Јелић. И то ју је доводило до суза. Са беспомоћношћу, коју је у том тренутку осетила, није умела да се носи. Устала је, села поред Федора и чврсто га загрлила, плачући заједно са њим.

* * *

Рекох ли вам да ће Мира ударити у зид? Нисам срећна због тога, ако сте то помислили. Не волим да сам увек у праву. Али не можеш живети живот по књигама. Живот није књига, живот је материјал за књигу. Ту се често преваримо. Семантика...

Сматрам да је храброст кад станеш испред себе и признаш да си слаб. Кад спознаш да те сопствени живот меље, а свет за то не мари, не обраћа пажњу. Сматрам да је јунак свако ко може да призна пораз, залије га сузама и прихвати као искуство више. Искуство које те не убије, већ те промени набоље. За себе самог. За друге, који су у твом животу, или који ће у њега тек ући. Права правцата храброст!

Није реткост да изневеримо себе. Још чешће изневеримо друге. То је тако. С тим се већина људи лако носи, као да се није ни догодило. Закључају људи то у неком кутку свести где се чувају нежељене ствари, оно што треба да се заборави, да се избрише. Међутим, неки то не могу. Погледајте Федора. Његов се свет распада, он посрће од кривице, јер је изневерио Ану.

У реду је да питате како ју је он то изневерио кад се једини за њу заложио, кад је једини који се супротставио Пеђи, насиљу, омаловажавању? Нећу помислити ништа лоше о вама због тог питања, без бриге.

Што се одговора на то питање тиче, па размислите мало, осврните се мало око себе. У каквом свету живите? Ко је спреман да стане уз другог човека јер схвата да је то оно што је исправно, што је морално? Колико ће људи само окренути главу и проћи поред оног коме је потребна помоћ, направити се да не виде насиље, да их се не тиче, да је то нешто у шта се не треба мешати, јер зашто би? Шта би могли променити? Одговор вам се сам намеће — многи. А ако говоримо о младим људима — скоро сви!

А то је страшно, тужно, поражавајуће... али је наша реалност. И кад сретнем појединца, младог човека, који има свест о томе да је потребно помоћи другом, да је неопходно разумети, стати уз некога, па макар само да би ћутао, поверујем да није све изгубљено. Да још увек постоји нада да се ова отуђеност у којој се гушимо, та херметичка затвореност и егоцентризам који су нам наметнути, разоткрију и сруше с пиједестала на који су их поставиле наше несигурности.

Верујем у Федора. И верујем у Ану. Не желим да верујем да у овом свету нема места за њих. Не пристајем! Нећу!

- Ана -

Закључала је врата за разредном и одахнула. Трудила се да буде мирна све време док су се возиле од школе до куће, иако је само желела да буде сама. Схватала је шта је разредна покушавала, све време тражећи од Ане да јој каже како се осећа и то не само физички. Бојала се за њено психичко стање, то је Ани било јасно. Модрица на лицу је била тамнољубичаста, а на врату су се видели трагови Пећиних прстију, такође сада већ модри. Ушла је у купатило и полако пустила воду да би опрала руке. Подигла је главу и осмотрила свој одраз у огледалу. Са леве стране, испод уха, још увек је било трагова крви, а са те стране јој је коса била потпуно уђебана јер се крв скорела. Затворила је воду и скинула џемпер, одвезала је косу и рукама се ослонила на зид. Удахнула је дубоко неколико пута и покушала да смири пулс који јој је тутњао у ушима. Брзо се скинула и ушла под туш. Вода је пљускала по њој и сливала се, остављајући црвене трагове крви на путу ка сливнику. Стајала је тако све док вода није постала хладна. Отворила је очи и осетила лагано како јој умор притиска слепоочнице. Брзо се обрисала, покупила у корпу све ствари које је носила тог дана и убацила у машину за веш. Укључила је и изашла из купатила.

У стану је била тишина. Мајка је била на послу, врата њене собе су била затворена. Већ неко време је мајка затварала врата за собом сваки пут кад би ушла у своју собу. Раније то није радила и Ана је помислила како је то чудно. Али ништа није питала.

Ана је ушла у своју собу и обукла тренерку. Села је на кревет и рашчешљала мокру косу, а затим је из фиоке извадила фен и укључила га. Зујање је испунило малу собу растерујући тишину. Тежина се спуштала на Анина рамена. Кад је осушила косу, искључила је фен и спаковала га у фиоку. Потом је легла на леђа и нетремице посматрала плафон. Очи су јој се склапале, али сан није долазио. Кроз мисли су јој промицале слике данашњег дана. Али све је било успорено; видела је себе, Пеђу, Федора, као у успореном филму. Звукова није било, тишина је била све што се могло чути. Ана је пожелела да вришти, али ни гласа није било.

Окренула се на бок и погледала у сат на радном столу. Подне је одавно било прошло. Бол јој је пулсирала у образу. Ана се фокусирала на бол, покушавајући да обузда мисли. Није успевало. Мисли су блуделе, враћајући се стално на Федора. Шта би се догодило да он није дошао? Није то знала. Одједном ју је обузела бескрајна туга. Самосажаљење ју је обливало у таласима, претећи да је удави. Покушавала је да потисне то осећање, али није ишло. Што му се она више опирала, то је самосажаљење постајало јаче, претварајући се у самопрезир. Из вртлога таквих емоција, тргао је звук телефона који је обавестио да је пристигла порука.

Подигла је телефон са стола да погледа поруку. Број је био непознат.

Само ми јави да си добро, молим те. Само једну реч... Федор

Прочитала је поруку, а потом спустила телефон крај себе. Лежала је, посматрајући непостојећу мрљу на плафону. Време је полако одмицало. Поново је прочитала поруку и поново спустила телефон крај себе, као да је желела да се увери да је порука још увек ту, да није неким чудом нестала. „Откуд њему мој број телефона?", питала се. Могла је да претпостави — разредна или Мира, нико други није имао њен број.

Поново је подигла телефон, и поново га брзо спустила. Није желела да разговара ни са ким, понајмање са Федором, а опет, да није било њега... У глави је пролазила листу „за и против" јављања Федору Томићу. Ставке су се ређале на обе стране. Једноставно није знала шта да уради. Желела је да му се захвали, али није желела да му се отвори. Бојала се, сада је тачно знала. Некако је, и не знајући, притискао све њене тастере, терајући је да му верује. А Ана то нипошто није желела.

Ана није веровала никоме. Ана није разговарала са људима. Ана се није ни са ким дописивала. Она је имала свој свет у коме су ствари биле посложене онако како њој то одговара и нико никада није могао то променити. Није се она заваравала. Знала је да је усамљена и да је рањива, знала је да чезне за људском топлином, која јој је била ускраћена одавно, а коју је касније сама себи ускраћивала, бојећи се да поново не буде напуштена и изневерена. Неповерење је било њено склониште од људи, заштитни зид који је опасала око себе, бранећи се, иако је само желела да је неко ухвати за руку и поведе је негде далеко од свега и свих. Па ипак, себи није дозвољавала да машта ни да се нада. Знала је да људи увек одлазе. Знала је то добро, јер је то научила још као дете. А њу више нико неће оставити, то је обећала себи оног јутра пре осам година док је, гледајући кроз прозор, схватила да се отац неће појавити.

Њен свет је био сигурно и добро чувано место у које никог није пуштала. Међутим, Федор Томић јој је показивао пукотине за које она није ни знала да постоје и то је престравило. Зато се од њега склањала, показујући му најгору верзију себе. Мислила је да је сигурна. Више у то није била уверена. Њен се свет љуљао из темеља.

Подигла је телефон, још једном прочитала поруку и брзо откуцала одговор.

* * *

ЗА:
Помогао ми је кад нико други није
Не одустаје упркос свим мојим одбијањима
Пажљив
Невероватно паметан
Жели да ми буде пријатељ

ПРОТИВ:
Није ми потребна његова пажња
Ја немам пријатеље
Привлачи превише пажње
Узнемирава ме његово присуство

Може сломити моје срце ако му се отворим

Кога ти фолираш? Кад ћеш престати да се извлачиш на исту фору? Јадна ја... Зашто ми је толико тешко да верујем, зашто у сваком човеку видим потенцијалну бол и одмах пожелим да нестанем, да ме нема?

Кад погледам списак „ЗА” осетим страх. Лудачки страх, срце ће ме издати, не могу да дишем. А чињенице су следеће:

Помогао ми је кад нико други није. Стао је уз мене и упалио светло кад је сва остала светлост нестала, кад више нисам имала за шта да се ухватим. Кад сам тонула у таму, знам да сам чула његов глас. Сигурна сам. То је био он.

Не одустаје у покушају да ми се приближи. Готово ме прогања. И то ми прија. Никад то не бих могла да признам другима. Често кад осетим његов поглед, трнци ми прострује низ кичму, осетим мир. То ми се никад није дешавало. И то ме брине, много ме брине.

Пажљив је. Брине. Уме да саосећа, видела сам то. Кад сам отворила очи и видела њега да ме подиже са пода, умало нисам умрла. Од стида, од нелагоде, од погледа који је имао у оку. Као да је болело њега. Као да је ударен он, а не ја. То ме је престравило. Нисам могла да се носим са сазнањем да је некоме стало. Да је њему стало. Не могу ни сад иако покушавам.

Волим да слушам Федора Томића. Волим магију у коју ме увуче кад проговори и његов глас завибрира мојим телом. Затворим очи и одем у неки други свет. Кад се само сетим часа филозофије и Ничеа. Човек је невероватно паметан, а не размеће се знањем. Завидим му на томе. Не знам да ли бих ја тако могла на његовом месту.

Жели да ми покаже да пријатељи нису само име и презиме. Жели да ми да наду за коју ја нисам спремна. И не знам да ли ћу икада бити. Ја не верујем људима. Ја немам пријатеље. Тако је сигурније. Кад их немаш, не могу те издати. Кад их немаш, не могу те оставити. Кад их немаш... немаш их и тако је боље.

* * *

Тешко је кад човек ратује са собом. Кад му душа жели једно, а разум не дозвољава. У таквом човеку води се непрестани рат, непрестани сукоб који исцрпљује, умара, ломи и мучи. Кад чезнеш за блискошћу, а не дозвољаваш људима да ти се приближе. Кад желиш да те чују, а не можеш да говориш. Кад желиш да потрчиш животу у сусрет, а не можеш да направиш ни корак, јер се бојиш да можеш бити срећан.

Кад бисмо само умели да савладамо страх од среће, човек би био радосно и испуњено биће. Али не умемо. Константно се заваравамо да је сигурност оно што ће сачувати чаше срце од лома. А није. То није сигурност, то је пристајање на полуживот. На преживљавање, на таворење у сенкама сумње, несигурности и неповерења.

Потребно је само мало ризиковати, осмелити се и прихватити сопствени живот као једини који имамо, као непоновљиви тренутак у времену, као могућност да будемо срећни.

Е, то је оно што Ана не види. Не види да пропушта могућност да буде једном у животу срећна. А можда се и осмели да ризикује и коначно сазна од чега је створена. Одлука је само њена.

Шта ће бити, Ана?

- Федор -

Федор је дуго гледао у телефон, као да ће то учинити да се огласи. Био је јако забринут. Мира му је дала њен број телефона након много мољења. Рекла му је да верује да ће јој Феђа помоћи да пронађе свој пут, да мора да јој обећа да неће одустати од Ане чак иако га и кад га буде одбијала и бежала од њега. Тек тад му је записала број на малом плавом папиру који је Феђа прикачио на плутану таблу закачену изнад његовог радног стола. Прикачио је чиодом преко флајера за студије у Америци. То је већ дуго времена био његов план. Студије у Америци, спортска стипендија. Волео је кошарку и уживао је у игри. То је била једина ствар у његовом животу која се није доводила у питање, која је константно заокупљала његову пажњу.

Док је фокусирано посматрао флајер и размишљао о будућности коју је јасно видео пред собом, огласио се телефон. Стигла је порука. Дубоко је удахнуо, помисливши на Ану.

Нисам се убила... ако си то очекивао.

Неколико пута је прочитао поруку, не верујући шта је написала. Није могао да верује да му је одговорила, нити да је то написала. Изнова је читао тих неколико речи, чудећи се. Како је време протицало, почео је да увиђа колико је заправо Ана Јелић била другачија. Не може се рећи да то није знао пре, знао је, али сада је био сигуран. Осмехнуо се и почео да куца:

Очекивао сам да ми нећеш одговорити, а знао сам да се нећеш убити.

Послао је поруку, осећајући како га напетост полако напушта. Сва тежина данашњих догађаја склизнула му је низ рамена. Помислио је на лавину емоција које је данас ослободио у Мириној канцеларији. Знао је да би експлодирао и урадио ко зна шта да их је држао у себи још минут дуже. Једноставно је све било превише и више није могао да се носи са догађајима. Сазнање да је Ана у стању да му напише поруку, макар и такву, макар и са толико ироније, донела му је мало олакшања. Још увек је био забринут за њу, али је осећао и олакшање јер је успео да освоји ову малу победу.

Телефон се поново огласио. На осветљеном екрану писало је њено име.

Како?

Феђа се насмејао, изненађен овом поруком, коју сасвим сигурно није очекивао. Брзо јој је откуцао одговор:

Превише лако за тебе.

Сачекао је још неко време, али порука више није било. Није био разочаран због тога. До јуче није могао ни да помисли да са Аном разговара о било чему, а данас, ето, после овако трауматичног дана за њу, послала му је две поруке. Био је задовољан. Устао је и почео да припрема ствари за тренинг.

Обукао је тренерку и зимску јакну, јер је напољу и даље дувало иако је киша престала. Било је хладно. Размишљао је на тренутак да ли да узме и капу, али је одустао, решивши да стави капуљачу. Изашао је из стана и кренуо да сачека аутобус. Имао је још пола сата до почетка тренинга. Да је време било лепше, прошетао би, али овако није му се дало јер је кошава продирала до костију.

Ушао је у аутобус и сео на последње седиште. Ставио је слушалице и појачао музику на најјаче. У ушима му је одјекивао Корн, ослобађајући га физичке напетости. Након неколико станица, изашао је испред хале и земљаном стазом се упутио ка улазу. Успут је срео неке од саиграча које је поздравио климањем главе и подизањем руке.

У свлачионици је било пуно људи. Сви су се пресвлачили, шалећи се међусобно. Били су то све добри момци, његови вршњаци, и већину је познавао годинама.

— Брате, је л' ти умро неко? — шалећи се, упита га један од саиграча.

Феђа се насмеја и одмахну руком. Ушао је у салу и поздравио тренера који је стајао на вратима.

— Томићу, опет јуче ниси био на тренингу — констатовао је. — Шта се са тобом догађа? Мислиш ли ти озбиљно да све ово што си постигао ових година упропастиш? — тренер је наставио да говори, али Феђа више није слушао.

Знао је већ ту причу напамет. Стајао је пред њим мирно, повијене главе, правећи се да слуша. Данас није могао поново да пролази кроз то. Било му је потребно да из себе физичким умором умртви празнину која је претила да га у потпуности савлада.

— Надам се да ти је јасно да је све ово за твоје добро? — завршавао је свој говор тренер.

— Наравно, тренеру. Потрудићу се да будем редован на тренинзима — аутоматски одговори Феђа.

Тренер је дунуо у пиштаљку и тренинг је почео.

* * *

Потпуно физички исцрпљен, ушао је у кућу. Било је девет и напољу је био мркли мрак. Киша је поново падала, низ улицу се вода сливала попут реке. Био је потпуно мокар. Скинуо је јакну и окачио је на столицу да се суши. Патике су му биле натопљене водом, па их је распертлао и однео на терасу да не би оставио бару у предсобљу.

У дневној соби су седели његови родитељи. Мајка је читала, а отац је, као и увек, радио на свом рачунару. Није га ни погледао кад је ушао.

— Здраво — рекао је и кренуо ка кухињи да попије воде.

— Потпуно си мокар, Федоре! — рекла је мајка, спуштајући књигу на сто.

— Пљушти напољу — незаинтересовано јој одговори Феђа, сипајући воду у чашу.

— Како си провео дан? — упита га мајка, улазећи за њим у кухињу.

— Како сам провео дан? — изненадио се питањем Федор.

— Шта има ново, је ли све у реду? — настављала је мајка са питањима.

— Мама, јеси ли добро? — зачуђено је упита Феђа. — Тебе никад није интересовало како сам ја провео дан. Али пошто већ питаш — бес га је све више обузимао — дан је био очајан, као што је у ствари читав мој живот, али ти то никако да приметиш. Хвала на питању! — цинично рече, спуштајући треском чашу на кухињски пулт и, не погледавши је, прође крај ње.

Кад је ушао у своју собу, био је толико изнервиран да се наслонио на врата и неколико пута дубоко удахну да се смири. Он је својим родитељима одувек био последња ставка на списку обавеза и ово изненадно интересовање за његов живот га је разбеснело. Желео је да се овај дан само заврши. Сео је на кревет, још увек напет. Телефон је запиштао. Откључао га је и прочитао поруку.

Феђолино, чула сам шта је било данас... Све ОК? Да ли ти треба нешто? Знаш да сам ту...

Хана је била... па... Хана, као и обично. Напола озбиљна, напола духовита. Али је била пријатељ и увек је знала кад треба да се јави или појави.

Ханчи, брате! Преживео сам данашњи дан. Могло је и боље, али... идем под туш, па у кревет. Хвала што мислиш, знаш колико то значи.

Послао јој је поруку и упутио се у купатило.

Сат времена касније лежао је у кревету и читао *Чаробни брег*. Изврнута слика света Мановог романа му је била блиска и уживао је у свакој реченици. Затворио је књигу и узео телефон.

Лаку ноћ.

Откуцао је поруку, угасио светло, не очекујући одговор. Убрзо се телефон огласио. Не палећи светло, откључао га је отиском прста и прочитао:

Прогањаш ме, манијаче!

Насмејао се и спустио телефон крај себе. Заспао је у трену.

* * *

Шта мени све ово треба у животу? Ова стрепња, ово ишчекивање које ме дави, због ког не могу да дишем. Урадио сам оно што сам мислио да треба, зар није довољно?

Страх ме је да ће се догодити нешто што ће ме натерати да свету покажем ко сам. У ствари, већ се догодило, Мира је видела моје право лице. Плачљивко! Откуд све то? Шта ми је то урадила Ана Јелић?

Буди једном искрен према себи. Шта ти је урадила Ана Јелић? Ништа теби она није урадила. О, не. То си све ти сам. Само ти је коначно неко подигао огледало да се загледаш у оног с друге стране. Да га видиш, да се упознате. Да престанеш да се претвараш.

Али није ти се допало, је л' тако, фрајеру?

Све се почело развијати у правцу који ми се не допада, живот ми је пуштен с ланца.

И онда све ово смарање на тренингу. Човече, сви знају шта ја треба да радим, како да се понашам, како да се осећам. Као да не постојим, као да сви други одлучују уместо мене и за мене.

Будућност је моја! Само моја! Како да им објасним да ме само оставе на миру!

Мајка ме онда дотукла. Као да ми данашњи дан већ није био за Гиниса! Интересује је како сам провео дан! Ма немој! Одлепио сам. Пукао сам. И хвала богу на самоконтроли коју имам. Могао сам свашта да јој кажем. Да јој кажем колики је лицемер, колико ме смара њено фолирање, та константна представа за друге о савршеном животу и савршеној породици. Савршена породица која не проводи време заједно, у којој се чак и не обедује заједно, где свако живи засебан живот и засебном универзуму, који се тек понекад, случајно нађу на истом месту у исто време и онда не знају шта би са онима преко пута.

Ух, колико сам љут. Не, бесан сам. Бесан сам јер се осећам заробљено. Јадно. Вртим се укруг у сопственом животу јурећи реп који немам! Браво, Федоре! Браво!

* * *

Некад је једноставно само потребно време да пустиш ствари да се десе, да пустиш звезде да се посложе у тајну мапу која ће ти показати куда треба да кренеш. И онда да се усудиш да верујеш да је све могуће. Јер јесте. Заиста јесте.

Људи немају вере у себе. Немају ни вере једни у друге. Зато се толико тешко отварају. А тако мало је потребно да будемо срећни. Неколико правих речи или додира, мало добре воље... Не мора све у животу бити бол за бол... рана за рану... туга за тугу.

Кад одлучиш да верујеш, кад се оне звезде посложе, кад отвориш срце, тад баш почињу да се дешавају чуда. Постајеш сведок немогућем, а то не може свако! Не да се сваком.

Знам понешто о сломљеним срцима. Упознала сам самоћу, изневерили су ме много пута. Могла сам да се затворим као Ана.

Могла сам да се разочарам као Феђа. Могла сам толико других ствари да направим. Али нисам.

Сломе ти срце — састави га време, стрпљење и љубав.

Самоћа ти се смеје у лице — пусти је да прође кроз тебе. Па јој се супротстави. Кад подигнеш глас, самоћа се повлачи. Сећате се, као магла пред јутарњим сунцем.

Кад те изневере — научиш да се поверење темељи на узајамном прихватању несавршености. И онда се подигнеш и охрабриш се да поново пружиш руку, јер ако то не учиниш, удавићеш се у самооптуживању и самообмани да је увек крив неко други. Погрешна процена је саставни део живота и саставни део искуства.

Све је до тебе. До твоје снаге и жеље да преживиш — и срећу и тугу. Подједнако су тешке обе. Увек. Само то некад не видимо док нас не удари право у лице.

- Федор -

Дани су се вукли, сивило се преливало из светлије у тамнију нијансу. Већ је прошло две недеље од када је последњи пут видео Ану. У школу није долазила, на поруке му није одговарала. Понадао се да је успео да пронађе тајна врата за улазак у живот Ане Јелић, али сада је знао колико је погрешио. „Као да је могло тако лако", помислио је док је улазио у учионицу. Мрки га је поздравио подизањем руке и салутирањем, војнички.

— Кретену! — насмеја му се Феђа, бацајући ранац на клупу.

Данима након догађаја у одељењу је владала суморна атмосфера. Збуњеност и нелагода су били исписани свима преко лица, неки су се бојали, неке је било срамота. Федор је то јасно видео и није му због тога било жао. И он се осећао лоше, ништа мање га није мучило сазнање да је могао учинити више, а није. Ни са ким није желео да о томе разговара, једноставно није желео да учествује у причама које су се врло брзо почеле ширити по школи.

Ни Пеђа Золтић није долазио у школу и Феђа се искрено надао да неће. За добро свих, надао се да неће, јер није био сигуран у то како ће се понашати и шта ће урадити ако га и кад га сретне. Причало се да се пребацио у другу школу, али нико то није потврдио, а Федор није желео да пита. Сама помисао на Пеђу га је испуњавала неконтролисаним бесом и агресијом, а Феђа није био такав човек.

Сметало му је што су се сви понашали као да се ништа није догодило. Разредна их је тог дана окупила у свом кабинету, говорила им о толеранцији, ненасиљу и потреби да се међусобно поштују упркос свим разликама које међу њима постоје. Ни сама није веровала у то шта је говорила, свима је било јасно. Гађење јој је било исписано преко читавог лица, само је било питање шта јој је толико гадно — оно о чему прича или коме прича. И то га је љутило, много га је љутило. Сва та прича, сва та срања о ненасилној комуникацији... нико ни са ким није разговарао, зар они то не виде? Нико не слуша никог, саговорници се не гледају у очи док говоре. Комуникација не постоји! Постоји неко размењивање информација, глупих, непотребних речи, тек да се фонетска струја не заустави. Једва се контролисао да не каже нешто због чега би сигурно зажалио.

Неколико дана се полушапатом препричавало Пеђино дивљање и то је било то... Све се вратило у устаљену колотечину, без икаквих помераша. Највећа сензација је била да Мрки за викенд не прави журку, јер су му се маторци напрасно вратили у Београд... Доста им је било самотњачког живота у сеоској идили.

Све се распадало, а људи су се правили да им је добро и да уживају. Феђа је осетио гађење, физички му је било мука. А опет, није урадио ништа. Уклопио се, приклонио се већини, ћутао је и радио свакога дана оно што се од њега очекивало. И у школи и ван ње. Као и пре, као и увек. Помислио би на Ану и мучнина би се појачала, јер како да је погледа у очи кад се врати. А вратиће се, бар је Феђа то желео. У данима у којима је није било у школи, схватио је у ствари колико је Ана Јелић снажнија од свих њих заједно, носећи своју тишину са достојанством које је так сад полако почињао да разуме. Лако је било кукати и жалити се на своју несрећну судбину, окривити друге за сопствену несрећу и самосажаљевати се. Требало је преживети сваки дан, стоички носити свој крст, ма какав он био. Феђа се питао да ли би он то могао издржати само један дан.

Сео је у клупу и несвесно се окренуо ка последњој клупи до прозора. Била је празна. Осврнуо се око себе, проверавајући да ли је неко то приметио, и видевши да није, извадио је из џепа телефон. Жамор који се ширио учионицом, испуњавајући је, одједном је утихнуо. Феђа је подигао поглед са телефона ка вратима и у тренутку је схватио да не дише. На вратима је стајала Ана. Брзо је прешла погледом по лицима ученика и спустила поглед, ходајући ка свом месту. Коса јој је била пуштена, прекривала је леву страну лица, али жућкастозелени траг је био видљив. Носила је црне фармерице и тамноцрвену ролку, која је покривала врат, па се остатак подлива није видео. Срећом. Јер је Феђи срце прескочило од погледа на њено лице. Била је лепа, још лепша него пре. Упркос подливу на образу, није се нашминкала. То је о њој говорило много. „Није је брига шта други мисле о њој, или је то одлично сакривала", помислио је Феђа, пратећи је погледом док је ишла између клупа ка свом месту. Тишина је била опипљива, готово се материјализовала у тих неколико тренутака. Кад је Ана села на своје место, жамор се наставио. Још неколико шапата, пар испитивачких погледа у њеном правцу и то је било то. Живот у одељењу је наставио својим током.

Федор се окренуо ка њој, гледајући је интензивно, као да је позивао да му поглед узврати. Међутим, Ана је упорно гледала испред себе. Одједном је устао, покупио свој ранац и у два корака дошао до њене клупе. Спустио је ранац на сто и сео до ње, не гледајући је. Благо се тргнула, али је уздржаност задржала. Извадила је свеску, оловку и утишала телефон, који је ставила у горњи леви ћошак стола. Федор је извадио свој прибор, а ранац спустио на под са своје десне стране. У учионицу је ушла разредна. Била је среда и први час је била историја. Спустила је своје ствари на катедру и погледала по одељењу.

— Томићу, од када ти седиш ту? — упитала је, благо подижући обрве. Леви угао усне јој се благо подигао, претећи за се развуче у осмех, али је задржала озбиљан израз лица.

— Од данас — нехајно је рекао, озбиљног израза лица.

— Од данас? — упита она поново. — Добро, ако си тако решио — рече, благо одмахујући главом.

Главе су се, као по команди окренуле у њиховом правцу. Ана је и даље гледала испред себе, а Федор је подигнутих обрва упитним погледом прелазио преко знатижељних лица својих школских другова, као да их пита у чему је проблем. Нервирала га је љубопитљивост и знатижеља. Знао је да ће одмах кренути приче, али га то није пуно занимало. И самог себе је изненадио својим поступком. Уопште то није планирао, једноставно се покренуо без икаквог премишљања. И није због тога зажалио.

Разредна је уписала час и устала са столице. Час је почео, говорила је о узроцима избијања Другог светског рата, фашизму и Хитлеру. Но Феђа је једва био у стању да прати шта је говорила. Седео је укочено, очекујући да се нешто догоди. Ана је записивала податке сконцентрисано. Као да он није седео поред ње.

„Да не придајеш себи превише значаја?”, упитао је сам себе. Полако је почео да се опушта и да се укључује у дешавања око себе. Али није престајао да осећа њено присуство. Њен благи, цветни парфем му је голицао ноздрве и лебдео око њега испуњавајући га неочекиваним миром. Ствари су почеле да се слажу саме од себе, онако како је требало. Морао је да буде стрпљив. Само то што му је ћутећи дозволила да седи поред ње, био је корак од седам миља. Није то смео да упропасти нестрпљењем. Дубоко је удахнуо и почео да преписује године са табле.

* * *

Тамара је ушла у зборницу, погледом тражећи Миру. Кад ју је угледала, махнула јој је и показала јој руком да је чека напољу. За неколико тренутака, Мира се појавила у малом атријуму.

— Дошла је мала Јелићева — значајно рече Тамара.

— Озбиљно? Како ти изгледа? — питала је Мира.

— Понаша се исто. Уздржана је, делује незаинтересовано за знатижељне погледе и шапутања, али мислим да је све то јако узнемирава. Само је навикла да се контролише.

— Да, она има ниво самоконтроле који је мени невероватан — рече Мира. — А модрице?

— Она на лицу се види, жућкастозелена је. Покрила је косом, али се није нашминкала.

— Нисам ни очекивала да хоће — осмехну се Мира — то би тек привукло пажњу на њу.

— Оне на врату нисам видела, јер је обукла ролку — рече Тамара.

— Мало сам копала по њеном досијеу. Нисам нашла ништа неуобичајено, није долазила да се жали на било шта, па само имам уобичајене податке — рече Мира, спуштајући тон и благо се осврћући — али сам потегла неке везе у Центру за социјални рад, колегиница са факултета је тамо начелница. Тамара, животна прича те девојке је за роман и то не роман забавног карактера — озбиљно рече Мира.

— Насиље у породици? — упита Тамара.

— Не, не. Отац је буквално нестао једно јутро пре осам година. И даље се води као нестао. Мајка је била депресивна и скоро нефункционална. Непосредно након нестанка оца, готово јој је одузето родитељско право, али се довела у ред, макар је тако изгледало у тих неколико контролних посета које су уследиле. А онда... па, и сама знаш како наш систем социјалне заштите функционише. Није било више разлога за контролу и породица је изашла из надзора — уздахну Мира.

— Страшно — стресла се Тамара — то дете је вероватно било препуштено само себи све ово време.

— Сигурно — рече Мира — отуда такви механизми одбране. Та затвореност је последица страха од напуштања. Сигурнија је кад се не ослања ни на кога, јер тако не може да се разочара. Затвара се, јер се тако брани, а сигурна сам да изнутра вапи за подршком и љубављу. Тужно — заврши Мира своју процену.

Тамара је гледала у Миру, ћутећи. Било јој је бескрајно жао Ане и желела је да јој помогне, али једноставно није знала како то да учини, а да је не уплаши и отера још дубље у изолацију, коју је себи очигледно сама наметнула.

— Знаш ли шта се догодило данас на првом часу у IV/5? — упита Тамара, благо се осмехујући.

— Шта? — заинтересовано је погледа Мира.

— Кад сам ушла на час, Федор Томић је седео поред Јелићеве у последњој клупи. Она га је игнорисала, наразно, али није прешла у другу клупу нити се бунила због тога. Кад сам га питала од када ту седи, равнодушно ми је одговорио: „Од данас“.

Мира се насмејала. Значајно је погледала Тамару, а затим јој намигнула и изговорила, окрећући се ка излазу:

— Паметан момак!

* * *

О, да! Паметан момак. Спреман да ризикује, па куд пукло да пукло. Федор Томић, мој нежни дечак, великог срца. Сањар, идеалиста, романтик! Ух, сва сам се разнежила. То не личи на мене. Нимало.

Шта је могло бити?

Могао је Федор да се прави да се ништа није десило. Он је урадио више од било кога у тој учионици. Могао је једноставно да настави да се уклапа, да не штрчи, да буде весео, духовит момак кога сви воле. Дани би се слагали један на други, време би бележило сатима своје протицање и све би било у реду. Схватио би да је Ана једноставно превише захтевна и тешка и да он стварно има паметнијег посла. Има толико девојака које би једва дочекале. Богме, и ја бих стала у ред, само да ми кажу кад и где!?

Да је другачији распоред звезда на небу, Федор би се приклонио већини која бивствује у тој учионици, с времена на време би се осврнуо на чудакињу у последњој клупи до прозора и запитао се шта то с њом, побогу, није у реду. Запитао би се како издржава да је игноришу, да јој се подсмехују и како то може да је не дотиче. Јер њему би то, сасвим сигурно, сметало. Коме још није битно шта о њему други мисле?

Кад би Федор био неки други склоп емоција и уверења, знао би да је узалудно трошити време на Ану. Не можеш променити неког, ако он то не жели. Колико би времена у њу морао да уложи? А он има друштвени живот, журке код Мрког, тренинге, планове за Америку. Зар је то мало? Чак се и са Ханом не виђа онолико колико му је то било потребно. Јер, молим вас, Хану Милић морате имати у животу, ако вам је важно да знате где је земља и где је лево! Јер Хана то зна и неће се устручавати да вам то каже у лице. И где би и како уклопио бављење Аном Јелић? Немогућа мисија!

Да је Федор другачији човек, био би још усамљенији и несрећнији. Јер не би умео да пронађе смисао у животу који су му други испланирали, који му је наметнут као једини избор који има. Као све што му је дато на златном тањиру, а не чини га срећним.

Шта је то с тим човеком? Шта је то с Федором Томићем, златним дечком из центра града који има све, а нема ништа? Шта је потребно једном Феђи да му покаже где треба да крене и како да преузме живот у своје руке?

Срећом, Федор Томић није био ништа од овог шта би било... Федор је човек који тражи излаз из бесмисла, из ограниченог простора просечности. Човек који тражи себе у свету у коме не може да се пронађе, јер се његово место не налази тамо где га тражи.

Срећом!

- Ана -

Две недеље су прошле. Време се вукло, а дани се стапали у једноличну целину да Ана више није знала ни који је дан. Знала је да ће брзо морати да се врати у школу. Две недеље су довољно дуг период да се доведе у ред. Није могла да се крије довека. Уосталом, разредна јој је рекла да мора данас да дође у школу, јер оправдање није имала. Да би добила оправдање, морала би ићи лекару, а то је значило много питања на која она није желела да одговара. Одлазак у школу је био неминован, као и сусрет са свима, као и знатижељни погледи, и шапутања, и оговарања.

Удахнула је дубоко и погледала се у огледало. Модрица на образу је била жућкастозелена. И била је видљива. Померила је надоле оковратник ролке и погледала у модрице на врату које су биле исте као и она на лицу, али блеђе. Вратила је оковратник и повукла га високо до браде. Косу је пустила да пада преко лица. Могла је да се нашминка, али није желела. Тиме би им свима ставила до знања да жели да сакрије модрице за које су сви знали да их има. Она није желела да се претвара. Модрице су биле ту и она ништа није могла да учини поводом тога. У једном тренутку ће проћи. Само је требало дочекати тај тренутак.

Бар није морала да објашњава било коме шта се догодило. Мајци је рекла да се потукла у школи и осим зачуђеног погледа, није било других реакција. Мајка јој је само рекла да то није од Ане очекивала. И то је било све. Као да је икада и очекивала нешто од Ане.

Мајка је изгледала уморно. Била је бледа, а тамни подочњаци су још више истицали њено бледило. Ана није желела да мајци препричава догађај, јер то не би променило ништа за мајку, али Ану је још увек узнемиравало сећање на тај дан.

Штавише, и сад је била узнемирена. Иако јој је разредна рекла да Пеђа не долази, Ана се бојала. Бојала се сусрета са Пеђом, јер Пеђа није тип који те остави на миру и који заборави да си му се супротставио. Напротив, Пеђа је био злопамтило, осветољубиви кретен који је уживао да малтретира све око себе. И Ана је, некако инстинктивно, знала да је ово био тек почетак. Па ипак, није имала избора. Морала је да се суочи са сваким даном који долази и да се нада најбољем.

Изашла је из стана журним кораком, јер је схватила да је касно кренула и да ће вероватно закаснити ако буде чекала аутобус дуже од пет минута. Чим је стигла на станицу, аутобус се појавио и она је одахнула. Није волела да касни и презирала је људе који касне. Сматрала је кашњење одразом дубоког непоштовања других. Али јутрос јој је све некако ишло успорено, размишљала је о многим стварима и време је неприметно исцурило.

Ушавши у школу, погнула је главу иако је на ходницима био тек покоји ученик, који је каснио тог јутра, као и она. Стигавши пред кабинет историје, застала је, дубоко удахнула и ушла. Жамор је моментално престао. Осетила је да је сви изненађено посматрају, проучавајући је као да је инсект под микроскопом. Подигла је накратко главу, прешла погледом по учионици и упутила се ка свом месту. Осетила је грашке зноја како јој се сливају низ леђа. Села је на столицу и скинула капут, остављајући га да виси преко наслона столице. Осећала је на лицу интензиван Федоров поглед, али се фокусирала на тачку испред себе, како се не би окренула према њему. „Диши, Ана, само диши”, рекла је себи затварајући очи како би смирила откуцаје срца, које је дивљало. Имала је утисак да, кад би отворила уста, да би срце излетело као катапултирано и завршило изложено свима насред табле. „Какав би то био призор”, помислила је.

Отворила је очи јер је осетила да је неко нешто спустио на сто. Тргла се и видела да је на столу ранац, а да на столицу до ње седа Федор. Осетила је како јој дах постаје плићи, а руке почињу да се тресу. Како би смирила дрхтање, извадила је телефон, утишала га и спустила га на сто, гурнувши га у горњи леви угао, потпуно игноришући чињеницу да је сео поред ње. Затим је извадила свеску и покушавала да остане мирна. Није знала шта да ради, јер ово није очекивала. Очекивала је да ће Федор покушати да са њом разговара, очекивала је и да је игнорише, али да ће ући у њен лични простор на овакав начин, није. Била је запрепашћена и није знала како да одреагује. Зато га је потпуно игнорисала.

Њена физичка реакција на Федора је била још нешто о чему је морала да размисли. Није осећала страх и то ју је додатно забринуло, није осетила ни нелагодност. Осетила је немир, струјање које је допирало до врхова ножних прстију и које је терало да дрхти. Било јој је тешко да призна, није желела да призна, али то што је осећала било је потпуно задовољство.

Федор је извадио прибор, не гледајући је ни једног тренутка. Као да није седела поред њега, као да је био сам у учионици и изгледао је тако добро. Не, изгледао је одлично. Брзо је одгурнула такве мисли и фокусирала се на догађања у учионици, јер је разредна ушла и стала крај катедре, гледајући у њих двоје. Ана је спустила поглед.

— Томићу, од када ти седиш ту? — упитала је.

— Од данас — изговорио је Федор, као да је то најнормалнија ствар на свету, која се подразумева и њему уопште није јасно зашто га она то пита.

— Од данас? — упита она поново, помало зачуђено. — Добро, ако си тако решио — рекла је разредна и отпочела час.

Ана се трудила да слуша предавање о Другом светском рату, али све што је могла да чује било је бубњање у ушима. Није могла да верује да седи у клупи са Федором Томићем, једноставно је то за њу било превише. Преписивала је механички податке са табле, али мисли су јој биле километрима далеко.

Феђа је пружио руку и са њене свеске узео гумицу, па почео да брише погрешно написану годину у својој свесци. Урадио је то тако лако, као да је то учинио милион пута пре тога, као да је то уобичајена ствар — школски другови деле прибор за рад. Ани је дошло да се смеје наглас. И није била сигурна да ли би се смејала од муке или од радости.

Сада је била сигурна да ништа није као пре, знала је да повратка на старо неће бити, јер ће то бити немогуће. И није знала како се због тога осећа. Била је сигурна — њен се свет љуља из темеља.

Када је звоно огласило крај часа, журно је устала, покупила је своје ствари, ставила их у торбу и упутила се ка вратима. Изгледало је као да бежи. Не, бежала је, то је била комплетна истина. Било јој је потребно да се одмакне од Федора да би могла нормално да размишља. Да би могла уопште да размишља.

Одједном је осетила љутњу. Прострујала је њеним телом као струјни удар. Све што је с напором постигла за све ове године, љуљало се из темеља и Ана је очекивала да ће сви њени зидови пасти као кула од карата. И за све је крив он — Федор Томић. Готово је трчала ходником, а да тога није била свесна. Прошла је крај Мире, психолога, не видевши је.

— Ана, да ли је све у реду? Јеси ли добро? — упита је Мира, хватајући је за подлактицу.

Ана се тргла, готово отргнувши руку из Мирине. Зенице су јој се рашириле и дисала је плитко. Тек кад је схватила да је Мира та која јој се обраћа, тензија у телу јој је ослабила.

— Извините, Миро, нисам Вас видела. Да, да, све је у реду. Журим на хемију, а и замислила сам се нешто — у даху изговори Ана.

— Могу ли те замолити да свратиш до мене после часова, само кратко — опрезно изговори Мира.

Видела је да се Ана опет напела и било јој је јасно да смишља како да избегне разговор са њом.

— Само пар минута, молим те — наставила је Мира са убеђивањем. — Чекам те, видимо се — рече и нагло се окрену журећи низ ходник.

Ана је остала да стоји још тренутак у ходнику, незадовољна што се није боље снашла. А затим је видела Федора како излази из кабинета историје и креће у њеном правцу. Преврнула је очима и гласно издахнула. Окренула се и готово отрчала према кабинету за хемију.

* * *

Кад се свет потресе из темеља, шта урадиш? Сакријеш се испод стола? Затвориш очи и правиш се да не постојиш? Шта радиш кад ти нестане тло под ногама? Како се носиш са сазнањем да су сви зидови које си подигао, напукли, да су све тишине којима се огрћеш, избрисане? Како знаш где да се склониш кад те одједном, после толико времена сви виде, а била си невидљива? О, па то питајте Ану Јелић! Имаћете одговоре из прве руке. Или можда нећете...

Размишљам, знате, колико је потребно стрпљења да постанеш невидљива. Да те не уочавају, да ниси ни у чијем фокусу, да си остављена на миру. Колико је потребно самоконтроле да се таква пат позиција сачува, да се не ремети успостављени ред ствари?

Ана је мајстор да се стопи са околином толико да је не уочиш. Као камелеон. А опет, не можеш да је не видиш. Црнокосу и зеленооку. Тако једноставно присутну. Питајте Феђу!

Федор је притиснуо сакривено дугме за које није знао ни да постоји. О, јесте, јесте. И на светло дана извукао ватрену сањалицу, која се вешто крила међу сенама. Тим је изненађење веће за све! Кад крв проструји, кад живот почне да пулсира, не можеш се више сакривати. Више нема бежања. Нађеш се на почетку и мораш да кренеш унапред, јер назад не постоји кад си на почетку. Значи, само напред. Сам бираш начин, сам бираш темпо. Што пре, то боље, кад вам кажем. Као кад се скида фластер са ране који треба да потрга красту. Једном повучеш и готово. Кад вам кажем. Проверено много пута!

Свакодневне једноставне ствари се саме наметну. Не можеш их избећи. Мораш да им се приклониш и свакодневица те лагано увуче у своју лаку предвидљивост. Склизнеш у њу као у сан коме се дуго времена надаш, а он никако да се појави. И онда, не примећујући, почнеш да дишеш пуним плућима, лако, готово безболно. И изненадиш се, уплаши те лакоћа са којом корачаш тамо куда се јуче ниси усудила да погледаш. Схватиш да си жива! И схватиш да то што те потреса из темеља је осећање у коме уживаш.

Лако је бити склоњен, невидљив. Усуди се да сањаш! Усуди се да постојиш! Усуди се, Ана!

- Федор -

Стајала је на ходнику потпуно сметена. Кад га је видела на вратима кабинета за историју, изнервирано је преврнула очима и демонстративно се окренула и отишла ка кабинету хемије. Федор се овлаш насмејао и лаганим кораком кренуо низ ходник. Није имао намеру да одустане сада када је схватио да реагује на њега другачије него пре.

— Брате, шта је то било мало пре? — збуњено га је упитао Мрки, сустижући га.

— Не знам на шта мислиш — нехајно рече Феђа правећи се да не зна о чему Мрки прича иако је тачно знао на шта је Мрки мислио. Уосталом, одмах му је било јасно да ће његов поступак изазвати различите реакције код различитих људи.

— Дај, матори! Чудакиња? Ти си стварно прс'о. Шта ти, бре, то треба? — Мрки је дробио даље.

— Мрки, ајде мајке ти, одбиј! И гледај своја посла — оштрије му рече Феђа и убрза корак, одмичући се од њега.

Мрки је стајао на ходнику, зачуђено гледајући за Феђом, као да му је израсла још једна глава. Затим је слегао раменима, окренуо се и видео Сашку Влајић како му прилази, осмехујући се.

— Испалио те, је л' да? — провоцирала је.

Мрки је погледао не разумејући у првом тренутку о чему она говори.

— Ко ме бре испалио? — отресе Мрки.

— Како ко, морону! Феђа... ниси му изгледа више занимљив — настави Сашка цинично.

Мрки се насмеја и одмахну руком. Било му је све јасно. Отров који је Влајићка сипала био је зашећерен љубомором. Мрки се на то није пецао одавно.

— Влајићка, ти му никад и ниси била занимљива! Просветли ме, колико боли? — упита, навлачећи цинични осмех. — Боли, срце, боли... Сва си се искривила од љубоморе. Ал’, види, нисам ти ја адреса за то, а кеве ми, нисам ни поштар. Свој отров сипај сама! И пази да се не удавиш — рече јој Мрки најслађим гласом.

* * *

Кад је Феђа ушао у кабинет хемије, Ана је већ седела на свом месту у последњој клупи до прозора. Феђа је, не размишљајући, кренуо ка њој и сео до ње, баш као и на историји. Изнервирано је уздахнула и окренула се ка њему, гледајући га право у очи.

— Извини, шта то радиш? — питала је тихо, али јој је глас био чврст. И леден.

— Седим. Што? — правио се невешт Феђа.

— Ти не седиш овде — показала је на њега главом — и врати се на своје место.

— Драга, ја сам на свом месту. Ако ниси приметила, разредна је то дозволила мало пре, тако да — рече нехајно, слежући раменима и гледајући је право у очи — навикни се. Седим овде и немам намеру да било где идем — рече шаљући јој најлепши осмех и намигнувши јој.

Гледала га је запрепашћено. Зелене очи су јој биле широм отворене. Затрептала је неколико пута, отворила уста да нешто каже, али их је брзо затворила и окренула се према табли. Видео је да је узнемирена по томе колико је брзо удисала и издисала. Или је била паклено бесна. Није био баш сигуран. Гледао ју је нетремице, а онда је, не размишљајући, полако спустио своју руку преко њене, желећи да је умири. Рука јој је била ледена. Тргла се и погледала га шокирано и брзо повукла своју руку.

— У реду је, Ана — рекао је полако — нећу те повредити. Смири се, хајде... — рекао је тихим гласом, једва чујно и за њу.

— Да ме више никада ниси дотакао! Је ли ти јасно? — изговорила је претећим гласом, гледајући га оштро. — Никад више! — ове две речи је нагласила како би му ставила до знања да се не шали.

Било му је јасно да је претерао. Требало јој је дати простора да се навикне на то да седи поред ње, а он је био нестрпљив. Желео је превише од ње, било му је јасно.

„Која си ти животиња", рекао је сам себи, „добро је ниси прислонио уза зид! Идиоте", љутио се на себе Федор. На трен је затворио очи и дубоко удахнуо не би ли смирио своје незадовољство. Био је љут на себе, баш љут. Да је могао да себе ошамари, учинио би то без икаквог премишљања.

— Извини, молим те. Неће се догодити понозо. Молим те, опрости — искрено јој је рекао, гледајући је благо.

Није га погледала, само је готово неприметно климнула главом. Феђа је одахнуо. Знао је колико је са њом морао бити опрезан, а опет није имао стрпљења. Желео је све и желео је одмах.

„Тек је дошла у школу, а ти је заскочио као дебил. Разменила је са тобом две реченице и мислиш да си јој пријатељ. Наивно, Федоре, наивно", мислио је, ментално шутирајући себе у задњицу. Није имао никакав план, али оно што је знао јесте да јој се желео приближити. Осећао је да јој мора бити близу, да јој мора помоћи како год и колико год му она то допусти. Данас му је јасно ставила до знања да га неће лако пустити близу.

Феђа није био стратег, он је био отворен и директан и да је било ко други био на њеном месту, Федор би објаснио шта жели, без устезања и фолирања. Али Ана је била потпуно другачија. Она је била енигма коју је морао да реши, а није знао како. Никада пре није имао било каквог контакта са девојкама попут ње.

Била му је потребна Хана. И то одмах.

* * *

Могао сам да сачекам. Морао сам да сачекам! Зашто сам увек тако нестрпљив кад је она у питању? Шта покушавам да докажем? Коме?

Коме је важно да откључам катанце којим је Ана везала своје срце? Мени? Или да се докажем другима? Размишљај и буди искрен према себи, Федоре!

Цео живот желим да докажем да сам баш оно што сви мисле да јесам. Родитељима, пријатељима, професорима. Паметан, духовит, посвећен, организован. Играм њихове игре непрестано и добар сам у томе, зар не?

Школа ми је успутна занимација, добар сам у свим предметима, осим у филозофији. Ту сам најбољи, јер ми је то блиско, јер ме ослобађа константног стреса који осећам.

На свим журкама сам омиљен, доносим добро расположење и умем одлично да се претварам, висок сам па лако упадам у очи. А онда све буде просто. Психолошки експерименти у друштвеном окружењу су ми омиљено разбијање досаде. Са девојкама поготово, већина тако лако падне на глупе форе, јер су површни и занима их само тренутно задовољење — било емотивно било физичко. Лако могу да понудим оба. Знам које дугме треба притиснути.

У кући ме и не примећују, па и не морам толико да се трудим. Све док доносим оно чиме се маторци могу похватати, док не реметим усталену рутину, не померам зупчанике који се механички покрећу. Њима ништа друго није важно. ОК, навикао сам се. Лагао бих као пас ако бих рекао да ме то не боли. Боли ме, ужасно ме повређује, али коме да се жалим? Ко да ме чује? И уосталом, како сачувати репутацију „правог” момка, ако пустиш да те прозру?

Пукао сам неки дан код Мире, али она је подједнако изгубљена у свему овоме као и ја. Моја тајна је са њом сигурна. Бар се надам...

Морам да успорим ако желим Ану. Морам да се усредсредим на оно што је битно, да искорачим из наученог модела понашања. Морам да... Морам да јој покажем правог себе ако је желим близу. Питање није да ли желим. Питање је да ли се усуђујем?

О, да! Морам... морам и не могу да чекам. Желим да... желим Ану Јелић.

* * *

Младост је нестрпљива. Не рекох ли вам? Воли да удара главом у исто место, па то ти је! Жели све и одмах. Као да сутра не постоји, као да неће бити времена за друге прилике и нове успомене. Као да се све мора догодити данас јер сутра неће бити исто, нећемо уживати у тренутку, нећемо имати простора за снове које сањамо данас први пут. Можда и једини пут.

Све се може променити. Све може нестати у тренутку и то је оно што нас чини нестрпљивима и неопрезнима. Пустиш наду да те поведе, па удариш у зид. Без ослонца, стално исте препреке, иста искушења, недоумице.

Умориш се. Посустанеш. Понестане снаге, изгубиш пут... Толико се тога може догодити ако предуго чекаш. Па опет, све може нестати у тренутку ако си нестрпљив.

И тако у круг. Без престанка. Без могућности да се предахне. Да се стане.

Младост је тако нестрпљива. Жели све и жели одмах.

Време нема никакве засеке, не чује се никаква грмљавина нити јека труба на почетку новог месеца или године, па чак и на почетку новог века, само ми људи пуцамо и звонимо у звона.

Чаробни брег, Томас Ман

Децембар, 2012.

- Ана -

Седела је већ други пут ове недеље код Мире у канцеларији и ћутала. Није желела да објашњава, али Мира није престајала да инсистира. Пронашле су неутралне теме — факултет, музика, уметност, јер се Ана тврдоглаво опирала да прича о мајци, Пећи и Федору, а Мира тврдоглаво устрајавала да разговарају, па макар о чему.

— Како се осећаш ових дана? — питала је Мира, проучавајући Ану помно.

— Добро сам, Миро. Говорим ти то већ други пут ове недеље. И не, нисам променила мишљење, не желим да причам о мајци, Пећи или Федору — изнервирано изговара Ана исту реченицу.

— Добро. Знаш да сам ту ако пожелиш да разгсварамо.

— Знам. Могу ли сад да идем? — нестрпљиво рече Ана.

— Можеш. Видимо се следеће недеље — с најслађим осмехом изговори Мира.

Ана је била на ивици живаца. Мира је била толико упорна, а Ана није желела да буде непријатна. Јасно јој је да је Мира желела да јој помогне, али Ана није желела помоћ. Како им то није било јасно. Хтела је само да поново буде неприметна и да је сви оставе на миру. Било јој је довољно што је Федор смарао. Седео је са њом на свим часовима и то ју је излуђивало. А опет, ако би била искрена према себи (што није била, јер јој је тако било лакше), донекле јој је то пријало. Смирив
ало је његово ненаметљиво присуство. Просто би само седео поред ње и није је узнемиравао. Али је био ту и почела је да се навикава на то.

Пошто је разговор са Миром био коначно завршен, кренула је ка станици. Навукла је капу и обмотала се шалом, јер је напољу било језиво хладно. Кошава је носила све пред собом, а у ваздуху се осећао снег. Ана није волела зиму. Дани су били кратки и суморни, светлости готово да није било. Сунце се на небу није појављивало данима. Сивило се спустило на улице и кровове кућа, а мрзовоља обузела људе. Ана не памти када је видела насмејаног пролазника на улици. Ни она се није осећала ништа боље. Хладноћа је стезала у свој ледени загрљај и Ана се стресла стојећи на станици сама. Руке је увукла дубоко у џепове, трудећи се да загреје промрзле прсте. Једино о чему је могла у том тренутку да размишља био је топли чај са медом.

Задубљена у мисли, није приметила Сашку Влајић како јој се приближава.

— Охо, госпођица Јелић лично! — подругљиво јој се обратила Сашка.

Ана се тргла и погледала је Сашку изненађено. Кад је схватила ко стоји поред ње, једноставно се окренула и одмакла се неколико корака.

— Шта, бре, ти замишљаш? — поново јој је пришла Сашка. — Шта замишљаш ко си? Глупачо! — уносила јој се у лице. — Изгледа ти није јасно ко је ко овде. Треба ли да ти нацртам? — сиктала је.

Ана се није обазирала на њу, гледајући на страну одакле треба да се појави аутобус. Нестрпљиво је цупкала ногом, показујући колико је напета, али Сашка то није примећивала, јер је била сконцентрисана на Анино лице. Нервирало је што је била тако једноставно лепа, без шминке, обучена као мушкарац... Федор је у њу гледао као у бога и то је излуђивало. Сашка је била љубоморна и то више није могла да крије. Једноставно је желела да повреди Ану, толико је није подносила.

Аутобуса нема, па нема. Ана је размишљала да крене пешице низ улицу, али није желела да Сашки отворено покаже свој страх. Јер Ана се бојала. Није умела да објасни зашто, али страх је колао њеним телом лудачки. Толико да су врхови прстију почињали да јој трну. Само је желела да се склони од Сашке. И мрзела је себе зато што се осећала тако беспомоћно.

— Чујеш ли ти мене, кретенко? — Сашка је прстом лупкала по рамену, желећи да се Ана окрене ка њој.

— Има ли овде неких проблема? — упитала је Хана, појављујући се ни од куда и заустављајући се поред Ане.

Ана је осетила неописиво олакшање, јер је видела Сашку како изненађено подиже обрве и повлачи се корак уназад.

— Шта хоћеш, Милићева? Продужи тамо где си кренула. Ајде, пали! — дрско рече Сашка.

— Опа, види ти те самоуверености. Шта ТИ хоћеш, Влајићева? — упита оштро Хана, окренувши се лицем ка Сашки, стајући испред Ане. — Не видим да овде било ко крвари, па ми није јасно шта те је привукло? Хијена никад не напада сама! — рече Хана, осврћући се по станици. — Мислим да треба да скинеш тај одвратни, извештачени осмех и да нестанеш. Одмах! — кроз зубе је изговорила Хана, закорачивши ка Сашки.

Ана је зачуђено гледала у сићушну црвенокосу како одмерава Сашку Влајић као да је буба коју треба згазити и дошло јој је да се насмеје. Какав темперамент! И какав став! Кад би бар она могла тако једном у животу да се постави. Само једном. Али то је било немогуће и Ана је то знала.

— Зажалићеш, Хана! Обећавам ти — рече Хани, пошавши уз улицу. — А ти Јелићева, чувај своја леђа!

Ана је схватила да дрхти. И није дрхтала од хладноће. Ово јој се није допадало нимало. Одахнула је тек кад је Сашка зашла за угао и изгубила јој се из видног поља.

— Идиоткиња! — отпухнула је Хана.

— Хвала ти — тихо рече Ана, не гледајући је.

— Чуј, хвала — отпухну опет Хана. — Влајићка и ја имамо неколико недовршених разговора већ дуго и мислим да се приближава време да рашчистимо рачуне. Пас који лаје, не уједа, драга — рече Хана, смејући се. — Него, откуд ти у ово доба? — упита Хана, погледавши на сат. Било је прошло три.

— Задржала сам се у школи, допунска — слага Ана.

Обе су ћутале размишљајући о оној другој. Ана је знала да је Хана блиска са Федором, али није знала природу њихове блискости. Често их је виђала заједно и Федор је у њеном присуству увек био опуштен и насмејан. Добро му је стајала и очигледно му је пријала. Готово је осетила љубомору, али је одгурнула такве мисли, јер Хана јој се, зачудо, из неког разлога допадала.

Хана је одмеравала Ану испод ока. Било јој је јасно зашто је Феђа пао на њу. Иако он то себи није још признао, но Хана је знала. Сада, кад је имала прилику да је изблиза погледа, видела је колико је Ана лепа и колико се променила. Из зелених очију је блистала бистрина, а коса је правила оштар контраст њеној белој пути. Јагодице су јој поцрвенеле од хладноће и заиста је изгледала нестварно лепо. А што је било најчудније, Хана је схватала колико Ана није била свесна своје лепоте ни тога колико је та лепота хипнотишуће деловала на друге. Осетила је убод зависти, али Хана није била такав човек и насмејала се самој себи због тога. „Зауздај своје мисли, Хана, не буди зла“, прекорела је себе, безгласно.

— Коначно! — викну Хана, кад је угледала аутобус. — Смрзла сам се, човече! Хајмо, Јелићева — рече јој и ухвати је испод руке, гурајући је ка вратима аутобуса.

Ана је ускочила и села на седиште до прозора, а до ње се сручи Хана, смејући се.

— Да сам остала још секунд напољу, носила би ме кући као санту леда — рече Ани, намигујући јој.

Живеле су у суседним улицама и често су се сретале, али ово је био први пут да су разговарале. И Ана је морала да призна себи да јој се Хана допадала. Било је нешто у тој девојци, весело и широко, што је привлачило Ану. Осетила је како се у њеном присуству опушта. Није била свесна да се осмехује.

— Треба чешће да се смејеш — рече јој Хана, гледајући је у очи — лице ти се заруме и очи заблистају светлозеленим сјајем. Лепа си кад се смејеш, Ана — обазриво јој рече, приметивши како се Ана стегла, а осмех нестао — никога нећеш убити осмехом. Можда ћеш поломити које срце, али то није смак света — покуша да се нашали Хана, како би је мало опустила.

Ана је гледала кроз прозор пахуље које су промицале лагано. Први снег је плесао над Београдом, шире ћи белу копрену као заклон од знатижељних погледа и очекивања.

— Хана, пада снег! — зачуђено рече Ана, изгледавши у том тренутку попут петогодишње девојчице, потпуно несвесна света око себе, ужурбаних људи, сломљених срца или изгубљених прилика.

— Да, пада снег, Ана. Време да покажемо наше трагове — рече Хана загонетно се осмехујући — а многи ће се изненадити шта све могу. Запамти шта сам ти рекла.

Ана је погледа, упућујући јој широк осмех. У том тренутку све што је Ана осећала била је неописива и потпуно невероватна радост. И први пут није размишљала ни о чему важном. Гледала је како пада снег и уживала.

* * *

Шта сви ови људи хоће од мене? Никако да се вратим у свој живот. Истргли су ми тло под ногама, клизам се и љуљам, губим равнотежу. Само хоћу назад свој мир.

Данас ме је Влајићка одувала. Озбиљно. Немам ја снаге ни храбрости за та женска надмудривања, за доказивање која је боља... Боља си, Сашка! Јеси. А сад иди! Не занима ме шта имаш да кажеш. Све си у праву, само ме остави на миру.

Да није дошла Хана, не знам шта би било...

Хана! Какав став, какав темперамент! Завидим женама с таквим самопоуздањем. Као да је читав свет положен под њеним ногама. А она с висине одлучује да ли да га подигне на длан или да га згази. Човече!

Јасно ми је зашто се Феђи допада. Често су заједно. И кад је с њом, често се смеје. Засија, као ореол око њега, чиста радост. Рамена му се опусте, постане весео, раздраган дечак који може све...

Волела бих да ја некоме могу да донесем такву радост. Да се озари кад ме види...

О, Ана!!! Престани! Само престани! Постајеш јадна. Али у епским размерама јадна.

Шта се са мном догодило? Јесу ли ми заменили мозак у оних неколико момената кад сам била без свести? Да ли ме Мира хипнотише, а да тога нисам свесна? Откуд у мојој глави цветићи и једнорози? Ана која се смеје зато што напољу пада снег? Ана која жели некоме да је радост?

Боже драги!!! Мора да лудим!

* * *

Не, Ана! Ја ћу да полудим од тебе! Озбиљно ти кажем. Ти, тврдоглави створе!

Кад бих само могла на тренутак да ти покажем како је лако пустити све. Знам да то можеш. Учинила си то данас несвесно. И Хана те је провалила, на прву! Јер Хана је мајстор за читање људи. Од ње се нико није сакрио. Скоро је добра као ја! Зато је толико готивим!

Упорно покушаваш немогуће. Да се сакријеш, склониш, нестанеш. Кад будеш схватила да више никада то нећеш моћи, почећеш да верујеш у оно што си сада сигурна да је немогуће.

Јер, Ана, снови се остварују. Веруј ми! Поуздано знам.

- Федор -

По ко зна који пут тог дана, понављао је исту акцију са својим саиграчима. Зној му се сливао низ лице и капао по поду. Мајица му је била потпуно мокра и Федор се осећао исцрпљено. Кад је тренер звиждуком означио крај тренинга, одахнуо је. Био је мртав уморан. Већ се налазио на пола пута ка свлачионици кад га је тренер зауставио:

— Томићу, сачекај мало — рече му тренер, показујући му руком да приђе.

— Реците, тренеру — изговори Феђа, кад је већ стигао близу тренера. Обрисао је зној са лица и погледао га.

— Јеси ли се одлучио на које ћеш колеце конкурисати? — радознало упита.

— Нисам још, мислим, имам неку идеју, али још увек нисам донео одлуку — поче Федор да објашњава.

— Немаш пуно времена, сине — рече му тренер благо — мораш да решиш до Нове године, а онда да се спремамо —

значајно га погледа и лупи га по леђима. — Хајде, јуначино, иди и памет у главу! Нећу ти дозволити да протраћиш такав таленат због пробисвета! — рече смејући се Феђиној реакцији и превртању очима.

Федор је ушао у свлачионицу и сео на клупу да одвеже пертле на патикама. Нека необјашњива тежина му се спустила на рамена и јако га притискала. Данима је осећао, али није знао откуда се створила ни шта је требало да јој буде узрок. Подигао је руке високо изнад главе како би истегао леђа. Пресвукао се и спаковао ствари у торбу. Навукао је капу преко главе и ушију и кренуо напоље. Извадио је телефон да провери поруке. Мрки, Сале, кева... уобичајено. Таман кад је спуштао телефон у џеп, он је завибрирао, означивши пристиглу поруку.

Јави ми се кад дођеш кући, морам нешто да ти кажем. Неће ти се допасти.

Порука је била од Хане. Размишљао је шта би могло бити узрок њеном незадовољству. Није могао да чека да стигне кући, већ је одмах позвао, идући ка станици. Није уопште приметио да напољу пада снег. Хана се јавила после првог звона.

— Хеј, слаткишу — зацвркутала је Хана са друге стране. — Жив ли си?

— Ханчи, брате, шта има? — поздравио ју је као и увек.

— Кад сам се враћала из атељеа данас, срела сам Ану — почела је, па заћутала.

Није му се свидело Ханино ћутање. Тежина у раменима се повећала и готово се повио под налетом нелагоде.

— И? — рече Феђа потичући је да настави.

— Стајала је на станици код школе са Влајићком — опет је заћутала.

— Хана, молим те, не завитлавај ме, него причај! — нервозно је одбрусио.

— Смарала је. Вређала. Застрашивала.

— Како то мислиш? — рече Федор, застајући.

— Уносила јој се у лице, називала је кретенком. Кад је одлазила претила јој је. Рекла јој је да чува леђа — опет је заћутала. — Не допада ми се то, Феђа — забринуто је рекла Хана — ти знаш да је Влајићка једно препредено створење, али она ништа не ради ако није сигурна да јој неко чува леђа.

— Пеђа! — застао је и ухватио се за главу слободном руком. — Јеботе, не могу да верујем — викнуо је Федор бесно. — Да ли је могуће?

— Не знам, али ме не би изненадило. Рекла сам ти да ти се неће свидети. Мораш да се смириш, Феђа — рекла му је. Знала је да је био бесан, јер Федор Томић никад није псовао. — Обећај ми да нећеш направити ништа глупо, молим те, јер ћу зажалити што сам ти рекла — озбиљно му је рекла. — Уосталом, то су наша нагађања. Не можемо бити сигурни да је он иза Сашкине данашње представе на станици. Можда је Влајићка пукла јер превише пажње поклањаш Ани, па је ово само демонстрација беса и љубоморе, јер је затекла Ану саму и није хтела да пропусти прилику, не знам — рече озбиљно. — Ово ти све говорим да будеш опрезан — завршила је Хана благим гласом, желећи да умири Феђу.

— Како се вратила кући? Са тобом? — упита Феђа.

— Наравно, вратиле смо се заједно. Видела сам кад је ушла у зграду, не брини. И још нешто — рече му Хана с осмехом у гласу. — Скроз ми је јасно зашто си одлепио због ње. Она је опасно лепа, Феђолино, кад ти брат каже! — сад већ смејући се, рече му Хана.

— Немам коментар, Хана. Нисам одлепио због ње. Престани да умишљаш ствари — рече јој, љутећи се — девојци је потребна помоћ, а ти се завитлаваш!

— Важи, фрајеру, све је како кажеш, али не зови ме да скупљам твоје срце са пода кад ти га ишчупа из груди једним потезом, јер хоће. А сад, идем. Запамти шта сам ти рекла — опет се уозбиљи Хана. — Памет у главу, немој радити ништа глупо и исхитрено. За сад само посматрај и буди опрезан. Љубим те, Феђолино! — рече и не сачекавши одговор, прекиде везу.

Федор је стајао на станици и дословно се пушио од беса. Око њега су лебделе пахуље, падао је први снег ове године, али су Феђи мисли биле километрима далеко. Имао је невероватну потребу да позове Ану, али је знао да му се неће јавити. Никада до сада није. Па ипак, окренуо је њен број телефона. Веза је била успостављена, звонило је дуго. Није се јавила. Знао је да неће. Било би му лакше кад би јој чуо глас, а опет, да се јавила, не би знао шта да јој каже. Каква апсурдна ситуација.

Ускочио је у аутобус, још увек размишљајући о Ани Јелић. Шта да уради како би проверио да ли је Пеђа уплетен у Сашкино завитлавање данас? Мира му је рекла да су га пребацили у неку приватну школу на Новом Београду, али Феђа није сумњао да је Пеђа знао сваки догађај у гимназији. То га је узнемиравало. Сада још више, након свега што се догодило данас.

Када је ушао у кућу, напољу је већ био мрак. Хладноћа је стезала и ледила дах. Снег је сада већ вејао и улице су постале беле. Трагови стопала усамљених пролазника оцртавали су се накратко, али би их снег убрзо покрио. Било је необично тихо напољу, као да се све притајило, а ноћ покрила остатке догађаја које је желео да што пре заборави. Тишина је дробила све пред собом. Федор је осетио како га стеже у грудима и није знао да ли је то било од хладноће или потиснуте фрустрације.

Упалио је светло у предсобљу и схватио да је поново сам. Родитељи су били на некој вечери, у позоришту, код пријатеља, било где, само не са њим, само не код куће. Они никад и нису били породица и кад једном оде за Америку, то ће бити свима јасно. И свима ће, вероватно, лакнути, јер су све троје били уморни од претварања.

Ушао је у собу, оставио торбу и упутио се у купатило. Топао туш ће му вратити осећај у промрзлим прстима, јер је напољу било језиво хладно. Убрзо је купатило било пуно паре, а Федор је из себе отпустио незадовољство и напетост. Али празнина је остала, она никада не одлази и Федор се полако, али сигурно привикавао на њу, као на сталног и верног пратиоца. Све чешће ју је осећао, у сваком тренутку сваког дела дана. Раније му се прикрадала, ненајављена и тајанствена, а сада га је отворено обузимала, без најаве, и он јој се препуштао као доброј старој љубавници која познаје све ваше мане, али вас не напушта због њих, већ у њима ужива.

Ушао је у собу, сео за сто и отворио лаптоп. Загледао се у флајер за студије у Америци и отпочео претраживање. Факултети су се низали, као и услови за упис. Скоро их је све испуњавао и то га није много бринуло. Федор је био одличан ђак и свестран младић. Занимала га је филозофија, уметност, књижевност, спорт, али и економија и права. Могао је себе да пронађе у било којој од ових области. Ни новца му није недостајало, тако да га висина стипендије није много узнемиравала. Било је важно да га приме, а онда ће лако. Бар се томе надао.

На папиру су се низали називи универзитета, а онда је Федор почео да прецртава један по један назив док на списку нису остала три факултета — Беркли, Калифорнијски универзитет у Лос Анђелесу и Стенфорд. Затворио је лаптоп и удахнуо дубоко. То је то. Одлука је донета, остало је још само да попуни и пошаље пријаве. И да се нада најбољем.

Легао је обучен у кревет и узео Манов роман, који је стајао поред кревета. Отворио га је и наставио да чита, али није могао да се сконцентрише. Пустио је музику и угасио светло. Лежао је тако у тишини, ослушкујући сопствене откуцаје срца. Време је пролазило, сенке које су у собу улазиле споља, издужавале су се и нестајале. Затворио је очи и лагано почео да броји. Сан је силазио однекуд с висина и прикрадао му се. Реалност га је напуштала, неприметно, и тама га је лагано преузимала. Осетио је како га обузима мир и само се препустио.

* * *

Колико је тешко саслушати сопствено срце? Како да знам да ли је одлука коју донесем исправна, да нисам погрешио? Колико је тешко суочити се са истином кад ти је залепе у лице, јер си неспособан да је сам спознаш? Као што ми је данас учинила Хана.

Невероватно је како Хана сазна све моје страхове пре мене! Како осети све моје најтананије емоције и извуче их на површину. Како ме чита као отворену књигу... Да ли сам толико провидан или ме толико добро познаје? Никад нисам сигуран.

„Важи, фрајеру, све је како кажеш, али не зови ме да скупљам твоје срце са пода кад ти га ишчупа из груди једним потезом, јер хоће.” Може ли једноставније објашњење стања у коме се налазим? Мислим да не може... Све је јасно као дан. Свима изгледа, осим мени.

Стрепим. Осећам како треперим, затегнут као струна. Брине ме толико тога... Пеђа и његови планови, Ана и њена сигурност, моја будућност. Све се накупило у једном дану, као да већ немам довољно брига, као да... Добијеш онолико колико можеш да поднесеш. Очигледно је то случај овде.

Изабрао сам факултете. Сутра ћу своју одлуку саопштити родитељима, ако буду код куће. Кад одем, биће лакше. Све ће бити лакше кад добијем дистанцу. Овако сам превише збуњен, превише сам близу и губим фокус... Не могу јасно да видим.

Америка... Нестрпљив сам да видим шта ми је живот спремио. Колико јако желим да постанем неко други, изненади ме сваки пут. Сваки пут! Као да у мени постоје двојица, несвесни један другог. А кад се освесте, кад спознају границе оног другог, не знам колико ћу моћи да издржим...

- Ана -

Децембар је показивао своје лице. Зима стегла, а снег је падао данима. Време се готово зауставило, а људи завукли у своје љуштуре, покушавајући да се сакрију и од зиме и од себе. Нова година се ближила, али се уобичајена хистерија није осећала у ваздуху као претходних година. Ужурбаност је препустила место летаргији и неком привидном препуштању тренутним околностима. Ани се допадала та успореност, то одсуство покрета, самоиспитивање граница. Самоћа јој је била блиска и није бежала од усамљености. Навикла је да са њом дели свој животни простор и већ дуго су на истим таласним дужинама. Тако да је ово време било баш по њеној мери.

Ушла је у учионицу, стресајући снег са косе. Једним потезом је одмотала шал и треснула га, како би истресла преостали снег и воду у коју се снег на шалу претворио од улаза у школу до кабинета математике. У клупама је седео тек покоји ученик, успаван још увек. Пришла је својој клупи и оставила торбу, окачила капут и села, трљајући још увек промрзле руке.

— Хеј, лепотице! — рече јој Феђа, бацајући ранац на клупу. — Добро јутро! — намигнувши јој, седе на столицу.

Ана га је погледала као да су му рогови порасли, трепнула неколико пута у неверици, а онда преврнула очима, одмахујући главом. Видео је да је изнервирало што ју је назвао лепотицом, али није одолео. Изгледала је невероватно. Коса јој је била пуштена, благо увијена на крајевима (то до сада није приметио), вероватно од влаге. Руменило од хладноће је учинило да јој лице блиста, а очи дођу до изражаја. Зелене. Толико зелене да се Феђа у њима губио. Имала је плави џемпер и тамне фармерице, а на ногама, као и увек, мартинке. Није могао да верује колико је њена лепота била једноставна. И јединствена. Ана се није трудила да изгледа лепо. Ана је била нестварно лепа.

— Не одустајеш, зар не? — упита га Ана, не гледајући га.

— Ја да одустанем? — запањено је погледа Феђа. — Никада у животу ни од чега нисам одустао, лепотице, нећу ни од тебе. Навикни се, биће ти лакше — рече јој и окрену се опет према табли.

— Не зови ме тако. Нећу ти више понављати — озбиљно му је рекла. — Правиш будалу од себе, Томићу.

— Забринута си за моју репутацију? — шаљиво је упита. — О, па то је корак од седам миља, Јелићева — кроз осмех јој рече. — Видим ја да ћемо до краја године ти и ја бити...

— Нећемо ништа ти и ја бити — оштро рече. — Само ме остави на миру — сада тише рече Ана — молим те... — последње речи су биле једва чујне, али су Феђу погодиле као брзи воз. Осетио је како га облива неописива жалост.

Ана се губила у вртлогу осећања, које је Федор подигао нехајним речима. Пукотине које је отварао у њеним бедемима бивале су сваким даном све веће и све очигледније. Из неког разлога јој је пријало да буде поред њега, осећај је био нестваран, али Ана је знала да је то нешто што себи не може допустити. На тренутке би поверовала да можда може да му се отвори и да га пусти да се приближи, али страх је увек био јачи и терао ју је да буде груба према њему. Једноставно није умела да се носи са Федором Томићем и тиме како је лако пролазио кроз њене ограде, дотичући јој срце.

— Извини — тихо је изговорила — нисам мислила... — застала је бирајући речи и покушавајући да обузда страх који јој је стезао потиљак. — Нисам желела да будем груба. Једноставно, натераш ме да ти покажем најгору верзију себе — рече, погледавши га испод ока.

Федор се окренуо према њој, спуштајући главу готово до стола како би могао да је погледа у очи, јер јој је глава била погнута. Кад јој је ухватио поглед, полако је климнуо главом, стежући усне.

— Знам — једноставно рече — ниси ти крива, ја сам. Претерао сам. Опет — тихо јој је говорио, трудећи се да је не уплаши, а да опет искористи овај неочекивани тренутак који му је поклонила. — Само желим да ти будем пријатељ, ништа више. Молим те, дозволи ми да те упознам, молим те...

— Ја немам пријатеље — изговорила је.

— Волео бих да ми пружиш шансу — настазио је истим тоном, говорећи полако и тихо да га само она може чути — нећу те изневерити, обећавам ти.

— Не обећавај оно што не можеш испунити — рече гледајући кроз прозор у пахуље које су правиле невероватан призор, лебдећи у ваздуху лагано попут перја. — Не обећавај...

Утом се професор Смиљанић појави на вратима. Полако крену ка катедри, не обраћајући пажњу ни на кога, као да је сам у учионици. Ана полако испусти дах који је задржавала и окрену се од прозора према табли. Федор је и даље седео окренут према њој и гледао је као да пред њим стоји дух. Брзо га је погледала и главом му показала према табли, сигнализирајући му да је час почео. Полако се окренуо и изгубљено гледао испред себе. Било је јасно да је само физички ту. Срећом, исто је важило и за професора Смиљанића.

Тренутак слабости је прошао брзо као што се и појавио. Ани није било баш најјасније шта се то управо догодило. Ни зашто је осећала немир који је осећала. На тренутак је спустила свој штит и допустила му да завири у њен свет. И није се срушио. И даље чврсто стоји. То ју је испуњавало осећајима које Ана није желела да спозна. Нада се привлачила полако и неприметно, клизећи низ њену кичму. Све је било другачије, а опет исто.

Потпуно збуњена и избачена из устаљеног поретка ствари у свом животу, окренула се према Фећи, као да је од њега тражила да јој објасни шта се догодило и зашто се осећа како се осећа. Збуњеност јој је лебдела у погледу и готово да је била дезоријентисана. Било јој је потребно да се склони од њега, да изађе напоље, био јој је потребан ваздух...

Одједном је устала са столице и појурила ка вратима. Смиљанић је радио задатак на табли и није је ни приметио. Мрки се окренуо ка Фећи упитно подижући обрве као да пита шта се тамо доле догађа.

— Брате, ова је луда као струја... — чуло се однекуд.

Неколико знатижељних погледа у правцу врата куд је Ана истрчала, неколико кикота и то је било све. Време је стајало. Напољу је снег појачавао, пахуље су јуриле у смрт.

* * *

Мислим да је узалудно све што покушавам. Он ме тера да се поред њега осећам добро. Он отвара моје браве чаробним кључем стрпљења, он ме раставља на најситније емоције које постоје у мом телу. Тера ме да осетим сваку као струјни удар. Право у срце. Као да сам на електро-шоковима.

Сама његова присутност ме моментално смири. Кад се појави на вратима учионице, лаког корака, разбарушен од снова, од тишине, од прихватања које ми без речи сваког дана нуди. Та његова једноставна и заиграна отвореност која ме извлачи на површину, која ме натера да се осмехујем осмехом за који никада нисам знала да поседујем.

Онда се спустим на земљу са тих облака у које ме је подигао а да и нисам приметила, и кад треснем о земљу, сви моји механизми за самоодржање се активирају. Све лампице се попале и из мене покуља горчина у којој бих се и сама удавила. Будем груба, па ми буде жао. Јер Федор Томић то није заслужио!

До ђавола с Федором Томићем! Ја то нисам заслужила. Ја! Уморна сам од овога живота који ми је додељен. Уморна сам од овог што осећам, од тога како се осећам. Уморна сам од константног спутавања свог срца оловним стегама. Предуго је, превише је. Не могу више... Да будем огорчена, да будем изопштена, да будем чудакиња из последње клупе до прозора. Ја могу много више од тога, знам...

Недостаје ми ваздух, не могу да дишем, не могу... Морала сам да изађем, да се склоним, да се не распаднем на очиглед свих у тој учионици, који ме никада не би разумели, а и не желе...

* * *

Знате, мислим да јој треба мало времена да се среди. Мало простора да дише. Да види да је преживела. Да је још увек на земљи, да свет није стао, да јој срце и даље куца...

Брзо ће доћи та спознаја. И не, нећу вам рећи оно што очекујете у оваквим ситуацијама од свезналице каква сам ја. Да сам знала како ће бити и тако даље...

Али не могу да издржим!

Рекла сам вам, зар не?

- Федор -

У тренутку се све замрзло. Као да је неко притиснуо невидљиво дугме и зауставио сваки покрет. У једном је тренутку разговарао са Аном, а у другом је укочено седео на столици, тупо гледајући у таблу. А онда је схватио шта се догодило. Смиљанићев улазак у учионицу је прекинуо магију у коју га је Ана неприметно била увукла. Осврнуо се ка Ани, али није је било на столици. Погледао је кроз учионицу и ухватио саблажњен Мркијев поглед.

— Шта је то било, брате? — Феђа му је читао са усана.

Федор је устао и кренуо ка вратима.

— Морам да изађем, професоре — обратио се Смиљанићу, који га је погледао преко оквира наочара и климнуо му главом.

Феђа је изашао на ходник и гледао лево-десно, надајући се да ће угледати Ану. Није је било. Потрчао је према тоалетима на крају ходника и улетео у женски, дозивајући је.

— Ана, јеси ли ту? — у тоалетима није било никог. Но, он је гурнуо свака врата појединачно како би се кабине отвориле. Све су биле празне. Није била ту.

Окренуо се, журно кренувши излазу из женског тоалета, кад је налетео на Сању, Салетову девојку из IV/2, која га је изненађено погледа.

— Феђа, да ниси омашио тоалет? Немој ми рећи, молим те, да ћеш поломити толика женска срца у школи… — шалила се Сања.

Федор је протрчао поред ње, склањајући је као завесу. Једино што је желео јесте да пронађе Ану. Страх му се пео уз кичму запањујућом брзином. Није умео да објасни зашто, али морао је што пре да је пронађе. Имао је утисак да је то од непроцењиве важности сада. Само да је пронађе.

Стигавши у централни хол, кроз велике прозоре, тик поред масивних дрвених врата, угледао ју је како стоји насред дворишта, сама. Снег се уплео у њену црну косу, чинећи призор још нестварнијим. Изашао је и полако се упутио ка њој. Стојећи на пар корака од ње, нежно је позвао:

— Ана!

Стајао је и посматрао је како се окреће према њему, шwith ширећи руке. Направио је још један корак, па се зауставио. Посматрала га је својим зеленим очима пуним туге.

— Не могу ја ово, Феђа — изговорила је дрхтавим гласом, пуштајући да јој руке падну уз тело — не терај ме да се овако осећам, молим те — обгрлила се као да се штити.

Феђа се тргао као да га је неко ударио. Изгледала је као да јој се читав свет срушио. Беспомоћно и уплашено. И то га је физички заболело. „Ова је девојка толико несрећна", помислио је.

— Молим те, Ана — почео је Феђа тихо, пришавши јој још један корак и сада стојећи тик испред ње. — Тешко ми је да те гледам такву. Молим те — посегнуо је за њом и спустио јој руку на раме. Није га одгурнула и то га је охрабрило.

Био је доста виши од ње, па се савио у коленима како би је гледао у очи. Прстом јој је благо подигао браду како би га погледала.

— Обећавам ти да те нећу повредити — рекао је гледајући је у очи које су мењале боју из светлозелене у загаситозелену сваки пут кад би трепнула. — И, Ана — чвршћим гласом је рекао — никада не обећавам оно што не могу испунити. Никад!

Осетио је како јој тело дрхти. Кад је готово неприметно климнула главом, повукао је у загрљај и чврсто стегао, изненадивши и њу и себе. Потреба да је заштити је била невероватна, а потреба да буде поред ње је била лудачка. Желео је да је никада не пусти из загрљаја. Снег је падао, тишина се котрљала низ улицу и расипала се, увлачећи у свој вртлог све на свом путу. Стајали су у дворишту школе, као да свет око њих не постоји. Ана је руке држала уз тело, али је Федоров загрљај потпуно затворио, заклањајући је од снега, од света, од самоће која се дизала око њих као штит. Јер обоје су били усамљени и њихове су се самоће сада судариле, потресајући их из темеља. Обоје су то осећали, али речи нису могле да дефинишу оно што су осећали. Држали су се једно за друго, верујући у немогуће.

Кад ју је пустио из загрљаја, гледала је у под. Поново јој је подигао браду и погледао је у очи:

— Веруј ми, нећу те повредити. Дај ми шансу да ти то докажем — рекао је Феђа.

— Идемо — једноставно је рекла и прошла поред њега, ушавши у школу.

Феђа је још тренутак стајао у дворишту, а затим се упутио за Аном. Видео је кад је ушла у учионицу. Он је продужио ка тоалету, јер му је било потребно да буде сам како би се смирио. Све је у њему горело, тело му је вибрирало на чудној фреквенцији. Читав овај догађај га је избацио из колосека. Знао је да тоне и да ће се тешко одржати на површини ако буде поред Ане Јелић. А знао је да не може да буде далеко од ње. Привлачила га је као сила којој се није могао ни хтео одупрети. Одузимала му је сву контролу и доводила га у стање у којем је био потпуно беспомоћан, а Федор на то није навикао. Он се лако одржавао на површни, пливао је лако са свима, у групи. Умео је да се уклопи, да се прилагоди. Сада је био избачен на пучину, и нешто га је вукло на дно. Ана Јелић га је вукла на дно. Удахнуо је дубоко и сетио се свог омиљеног цитата из Пекићевог романа *Како упокојити вампира: Не грозите се дна. Волите дно. Свако најдубље сазнање представља дно. И не питајте колико је. И на педљу дна се може стајати. И нема дна с којег се не види сјај звезда*. Прошао је рукама кроз косу, подигао и спустио рамена како би их ослободио напетости. Осетио је олакшање како му се спушта низ прса и изашао из тоалета.

Кад је ушао у учионицу, све је било исто. Смиљанић је решавао задатке, Мрки је забављао друштво иза себе, али Федор је осетио да он није био исти. Нико није обратио пажњу кад се провукао између клупа и спустио се на своје место поред Ане. Осетио је како она инстинктивно диже зид око себе.

— Немој — рекао јој је тихо.

— Немој шта? — дошапнула му је, не гледајући га.

— Не затварај се, не подижи тај зид између нас. Молим те — рече окренувши се према њој. Желео је да је ухвати за руку, али знао је да би то било превише за њу.

— Очекујеш од мене немогуће. Дај ми времена, треба ми време — рекла је и затворила се.

Тачно је видео тренутак у коме је закључала своје браве и бацила кључ зверима.

* * *

Један корак напред, два назад. Опет иста прича. Како вам не досади? Али стварно! Вртимо се у круг! Ало, људи!!! Има ли кога? Чује ли ме неко?

Сад је време, Феђа! Сад или никад...

Све што си радио последњих месеци, драги дечаче, то стрпљење које си показао, разумевање и наклоност, сад ти се враћају у форми одшкринутих врата, која ти нуди. Знам да можда мислиш да је то мало, али Феђа... Ана Јелић не пружа прилике. Ана Јелић никоме не отвара врата, а теби их је широм отворила, ако си довољно мудар да то сагледаш. А знам да јеси. Знам да ме нећеш разочарати...

Ко у чуда верује, чуда му се догађају! Врло је једноставно. Сад и ти почињеш у то да верујеш. Ко је у стању да обузда себе, биће награђен вечношћу у загрљају оне коју воли. Разумеш ли сад?

- Ана -

Ана је седела у дневној соби и читала. Била је недеља и јутро је било светло. Ана је размакла завесе како би пустила светлост у собу. Још је било рано и тишина је оковала зграду, као што је лед оковао улице. Мраз је трајао данима већ. Излазио је само онај ко је морао. А Ана није морала. Кафа је стајала на столу поред ње, музика је тихо свирала и Ана се осећала добро, за промену.

Врата мајчине собе су се уз шкрипу отворила и мајка је закорачила у собу. Била је мршава, много мршавија него пре. Бледило је обрисало године са њеног лица. Деловала је уморно. Ана је нетремице гледала њен несигурни ход.

— Мама, јеси ли добро? — упитала је забринуто.

— Јесам, Ана, јесам — одговорила је пребрзо — само сам лоше спавала. Зашто си устала тако рано? — упитала је, очигледно желећи да промени тему.

— Увек устајем рано, мама — рече обазриво Ана — хоћеш ли да ти скувам чај? Могле бисмо да доручкујемо заједно — рече, очекујући да је мајка одбије, као и сваки пут пре.

— Може — благо рече и упути се ка купатилу.

Ана је била изненађена. Остала је још неко време да седи, размишљајући о разговору који је водила са мајком. Нешто јој је ту било чудно. Јутрос су размениле више речи него у претходних неколико месеци. Ана забринуто заврте главом. У последње време јој се дешавају сумануто неочекиване ствари. Ово је била једна од њих.

Устала је и укључила кувало, у шољу је ставила кесицу чаја од матичњака, јер га је мајка највише волела и сачекала да вода проври. Укључила је тостер и на брзину направила сендвиче за обе. Прелила је кесицу чаја врелом водом и убрзо се кухињом раширио умирујући мирис матичњака. Подсетио ју је на детињство, на заједничке доручке недељом, на очев смех и мајчине загрљаје. Ана је оштро издахнула и отресла успомене као труње са рукава. Утом је у кухињу ушла мајка.

— Дивно мирише матичњак — рече сањиво — подсећа ме на срећу и дане када сам била нека друга особа.

Ана ју је пажљиво слушала, покушавајући да прочита поруку између редова, али јој није полазило за руком. Нешто се чудно дешавало, у то је била сигурна.

— Зашто то кажеш, мама? — рече Ана, желећи да мајка настави да говори.

— Зато што је то истина — рече и погледа у Ану уморним очима. Подочњаци су јој били модрозелени. — Нисам ти била добра мајка — изненада рече, остављајући Ану запањену.

— Ти си мајка каква треба да будеш — опрезно рече Ана, уочавајући прошло време у мајчиним речима, које је уплашило.

— Немој бринути о томе — настави пажљиво.

Мајка је гледала Ану, проучавајући је и меморишући детаље њеног лика. Ана је осетила како јој се паника шири телом.

— Јеси ли сигурно добро, мама? — упита је још једном.

— Јесам, Ана, јесам. Добро сам, не брини. Само сам нешто од јутрос носталгична. Дођу такви дани који те разголите пред собом и суоче те са неуспесима бацајући ти их у лице како би схватио колико си био себичан — рече мирно. — Бићу одсутна до петка — изненада јој рече мајка — идем на Годишње окупљање библиотекара Србије, организује се ове године у Сокобањи. Путујем ујутро. Знаш где је новац — рече спуштајући руку преко Анине. — Хоћеш ли бити добро тих пар дана сама? — упита је.

Ана је зачуђено спустила поглед на мајчину руку која је мирно лежала преко њене. Обузело је предосећање да ће се догодити нешто лоше. Трнци су се јавили у потиљку и спуштали се низ врат ка раменима. Није јој се допадало осећање које ју је обузимало.

— Мораш ли да идеш? — упита Ана.

— Морам — једноставно изговори мајка и устаде са столице. У следећем тренутку је затворила врата своје собе и нестала.

Ана је појела свој сендвич, размишљајући о разговору са мајком. Питала се шта јој се догађало. Изгледала је другачије: поглед јој је био бистар јутрос, била је присутна, била је ту. Па опет, била је чудна. И тај разговор... Ана је била потпуно збуњена. Могла је само да чека и прати како ће се ови нови догађаји развијати.

Следећег јутра, кад се Ана пробудила, врата мајчине собе су била отворена, кревет намештен, ролетне на прозорима подигнуте. Мајка је отишла. Ана је дуго стајала на прагу собе и посматрала унутрашњост. Све је било на свом месту. На истом месту као пре осам година. Мајка је живела у прошлости и од прошлости, то је Ани било кристално јасно. Одједном се осетила као сироче. То ју је осећање протресло толико да се ухватила за довратак да не падне. Затворила је очи и полако бројала удахе и издахе. Један, два, три... морала је да се сабере. Морала је да се покрене.

Затворила је врата и погледала се у огледалу у ходнику. Била је бледа, очи су јој биле мутне. Покупила је кључеве са мале комоде, обукла капут и изашла у ледено јутро.

Закорачивши у парк, чула је како је неко дозива. Застала је и окренула се на страну одакле је звук допирао. Са прилаза између солитера махала јој је Хана.

— Чекај ме, погинућу! — викала је ходајући несигурно, јер су стазе биле потпуно залеђене. — Осећам се као Бамби! — рече и Ана се насмеја посматрајући је како се клиза, машући рукама не би ли одржала равнотежу.

— Далеко си ти од Бамбија, Хана — рече јој кроз осмех — полако, буди опрезна — сада озбиљније рече Ана.

— У школу, а? — упита Ану. — Идеш као на робију да си пошла, толики ти је ентузијазам у сваком кораку — намигујући јој рече.

— Нисам баш одушевљена, а видим и ти се топиш од среће — прихвати шалу Ана.

— Идемо, отићи ће аутобус, а онда мораш са мном да проведеш још пола сата — рече јој Хана — а то би за тебе било као да су те на саслушање одвели.

— Ту си у потпуности у праву!

— Него, све хоћу да те питам, али никако да се сретнемо, шта је било са Влајићком? Да ли те и даље смара? — упита Хана озбиљно.

— Не, није ми више прилазила. Ја, искрено, и не разумем шта она хоће од мене — рече Ана. — Чиме је ја могу угрозити? — запита искрено.

— Е, Ана, Ана, угрожаваш је ти одавно. Од основне јури Томића, а он види само тебе у последње време. То је излуђује, јер шта год да је покушала, од Феђе је добила „не”. А ти си га убацила у вртешку и не знајући то — рече јој Хана, посматрајући како Анино лице мења боју, а поглед јој клизи са Хане на тло.

— Немој се због тога осећати лоше. Феђа је велики момак — покуша Хана да ублажи непријатност коју је Ана осећала. А Хана је лако читала Ану. — Савршено добро зна шта хоће и шта неће. А неће Влајићку у својој близини. То је, срце, разлог што те она малтретира. Нема то везе са тобом, већ са њеном фрустрацијом — рече Хана у једном даху и видевши да аутобус долази, повуче Ану за рукав.

— Ускачи! — рече јој и гурну је у аутобус, ускачући за њом, лако и полетно.

Било је тако лако бити у Ханином друштву, њен ентузијазам је био заразан и Ана је осетила како јој са рамена спада забринутост са којом се јутрос пробудила и коју је, као тег привезан за срце, понела са собом јутрос из стана. Ана је изашла на својој станици и махнула Хани која је продужила даље ка Дизајнерској школи.

Пошла је опрезним корацима ка школи. Понедељак је свом тежином притискао. Ближили су се празници и сви су били узбуђени. Чула је да ће журку за Нову годину правити Мрки, као и обично. Федор је спомињао да ће ићи, чак је и позвао да иду заједно, али Ана је, наравно, одбила. Шта би она тамо радила. Била би као бела врана, као егзотична животиња коју је требало добро проучити. Не, хвала! Срећом, Федор није наваљивао и није је убеђивао. Прихватио је њено „не” и на томе му је била захвална.

Размишљала је о Ханиним речима јутрос. Она убацила Федора у вртешку? Замало се није насмејала наглас. Ана се вртела као на тобогану и то је нервирало. Федор је испритискао све њене тастере и аларми за узбуну су светлели посвуда у Аниној глави. Без престанка је звонила сирена за опасност и Ана није знала како да је искључи. И како то Федор има очи само за њу? Ана се није дала препустити том осећању које би је лако обузело. Борила се, као лавица. Морала је да сачува своје срце по сваку цену. У то је била сигурна.

* * *

Бринем се за мајку. Не изгледа добро. Понаша се чудно. Имала сам утисак у једном тренутку да се од мене опрашта. Побогу, шта се дешава? Данима је посматрам кад не види, ослушкујем на прагу њене собе, уходим је. Нешто се дешава, знам да се нешто дешава и знам да неће бити добро. Ни за једну од нас. Имам такав предосећај, а предосећаји ме никада нису изневерили до сад.

И сва та прича о прошлости... паничим! Заиста паничим. Осећам како ми се страх пење у грло и стеже...

Нећу да призивам зло. Какве су ти мисли, такав ти је живот, кажу.

Ха, није ни чудо што је тој овакав какав јесте. Може да буде и гори... или не може? Све ме у њему подсећа на последњи круг пакла — Каина, Антенора, Птоломеја или Јудека. Шта ли ће бити? Свеједно, свуда је као и у мом животу — вечита зима, лед и мучење које не престаје...

На поласку у школу срела сам Хану. Ватреноцрвени Бамби, невероватна енергија која те обузме и издигне из овоземаљских брига и паклених мука... Подигне те и заврти из све снаге својом једноставном и свемогућом вољом, која те опколи и осоколи. Пожелиш да си као она — слободна, јединствена и само своја. Сигурна сам да Хани нико не може да наметне своје мишљење, да јој нико никада неће моћи да одреди шта да каже, шта да мисли, шта да буде... Нико. Никада. Завидим јој на томе.

Ја се колебам сваке секунде, сваког минута. Моја уверења лебде око мене, условљена мојим расположењем, временом, туђим ставовима. И не знам ко сам, шта желим, куда идем. Све је препуштено случају, околностима... Јадно, знам. Не умем другачије.

И онда Федор. Увек он, као последња кап. Као последњи чвор. Као тачка на „и”. Моја вртешка, мој ролеркостер, моја пропаст. Осећам. Не знам да ли ћу преживети дане који долазе. Осећам, осећам бол...

* * *

Нема те боли коју љубав не залечи, или време не ублажи. Шта ћеш више? Преживе се, Ана, много теже ствари од сломљеног срца.

Осећате ли? Празници долазе, зима снег доноси... Изненађења се неће догађати, изненађења ћемо живети. Свакога дана и сваког сата. Верујете ли у магију? Верујте! Озбиљно вам кажем. Верујте!

- Федор -

Залепио је последњу коверту са пријавом за факултет. На путу ка школи ће их послати, па како буде. Не вреди се бринути унапред. Како буде, биће. Синоћ је по стоти пут са оцем пролазио кроз све формуларе, прочитао је свако питање и сваки одговор поново и био је задовољан. Чак је и отац био задовољан, што је била реткост. Убацио је коверте у ранац и изашао из куће.

Ред је у пошти био огроман. Феђа је погледао на сат, било је већ скоро осам. Закасниће. Послаће их после школе, решио је у моменту и спустио се до школе једном од споредних улица. Ушао је у учионицу и упутио се ка месту поред Ане. Намигнуо јој је, а она му се насмешила.

— Опет касниш — рече му полако.

— Не касним, видиш да Виолете нема — рече јој кроз осмех, кријући изненађење, јер му се први пут обратила започињући разговор.

— Дошла сам јутрос са Ханом — рече — та девојка је невероватна! Среле смо се у парку.

— Хана је моја најбоља пријатељица још од основне. На њу се увек можеш ослонити, али Хана те не штеди! Ако ниси спремна да чујеш истину, заобиђи је — рече Фефа, користећи неочекивану ситуацију да објасни природу свог односа са Ханом.

Одједном му је било важно да Ана разуме да су Федор и Хана били најбољи пријатељи и ништа више. „Зашто јој се, побогу, правдам?”, упита себе изненада. Све му је било очигледније да му је Ана Јелић постала много битна и да му је било необично важно шта ће помислити. О њему, о његовом животу, о његовим пријатељима.

— О, то ми је више него јасно — рече му, осмехујући се.

Вадећи свеску из француског, Фефи из ранца испаде велики коверат и одлете испод стола. Ана се сагла и дохватила коверту. Поглед јој паде на адресу исписану на предњој страни — *Беркли*. Брзо му пружи коверат, спуштајући поглед.

— Била је јутрос гужва у пошти, послаћу их после школе — рече, не знајући шта да каже.

— Беркли! Свака част, Фефа, заиста — рече му Ана, али у гласу јој се осетио благи дрхтај.

— Послаћу пријаве на три факултета у Америци — рече, осећајући потребу да јој објасни.

Погледала га је и туга јој је била лако читљива из погледа. Желео је да је загрли, да поцепа пријаве и све пошаље до врага. Али ништа од тога није учинио. У учионицу је ушла Виолета и зацвркутала, желећи им добро јутро на француском.

Кад је звонило за крај часа, Ана је брзо покупила своје ствари, скинула капут са чивилука, пребацила га преко руке и изашла из учионице. Фефа је гледао за њом, а потом бацио ранац преко леђа и кренуо ка вратима.

— Невоље у рају, матори? — упита га Мрки, смејући се.

— Какав рај, мајке ти, Мрки! Не седај ми на грбачу и ти — рече му изнервирано.

— Види, матори, чудакиња те врти око малог прста, а само ти то не видиш — рече му и убрза ход, остављајући Фећу да гледа за њим у чуду.

Ништа му од јутрос није ишло од руке. А дан је тек почео. Осетио је како му главобоља пулсира у потиљку. Још му је само то требало. Прошао је руком кроз косу и кренуо ка холу где су стајали Мрки и Сале.

— Има ли неких промена за дочек? — упита Федор, гледајући Мрког.

— Нема, брате, све је као што смо договорили. Долазиш са чудакињом? — упита га Мрки, смејући се.

— Прво, не зови је чудакињом, молим те, а друго, не, не долазим са Аном Јелић. У реду?

— Што се љутиш, матори — наставља Мрки — само ниси сав свој у последње време. Помислио сам да ти је ставила узде — рече.

Федор му показа средњи прст и крену ка кабинету филозофије.

Професор Срећко је данас био у свом елементу. Ушетао је у кабинет, уносећи радост, јер он је био другачији од свих професора у гимназији. Фећа га је заиста волео, јер је волео филозофију. Али не само због тога, Срећко је живео филозофију, али вас није гушио чињеницама и подацима. Он је желео да његови ученици размишљају, желео је да им омогући место да кажу своје ставове, заступају их и бране без осуђивања и подсмеха, али мало их је било који су тај Срећков дар прихватали. Федор Томић је био један од ретких.

— Данас нам Томић говори о Кјеркегору — рече, застајући пред таблом и показујући Фећи да изађе.

Федор устаде и придружи се професору Срећку. Стао је поред њега, посматрајући своје школске другове наизглед незаинтересовано, процењујући их. Тад му је поглед природно склизну до Ане. Гледала га је озбиљног израза лица.

— Серен Кјеркегор је био дански филозоф, самосвојна личност, другачији и јединствен, јединствено другачији и свој — поче Фећа да говори, а жамор се у учионици стиша.

Ана се ослонила лактовима на клупу и благо се повила унапред, усредсређујући се на Фећу и оно што говори. Обожавала је да га слуша на филозофији, као и сви остали. Јер Фећа је правио магију кад је филозофија била у питању.

— Био је заинтересован за питања суштине егзистенције и апсолута. Растрзан филозофским питањима — подиже прст и застаде на тренутак — оставио је своју вереницу Регину Олсен, коју је волео више од било кога и коју је волео до краја свог живота, говорећи да уз њега никада неће бити срећна — рече, гледајући у Ану, која га је пажљиво слушала. — Говорио је и да се оженио, за шест месеци или чак и мање, Регина би га оставила, јер не би издржала оно сабласно што је са њим повезано, јер је Кјеркегор знао да у њему постоји нешто што не допушта никоме да га трпи ако с њим мора бити цео дан — рече Фећа, док је професор Срећко само климао главом, уживајући у Федоровој причи.

Ана га је слушала, широм отворених очију, упијајући сваку његову реч и осећајући је сваким и најмањим делом своје душе.

— Сваки човек — настави Федор — стрепи, говорио је Кјеркегор. Његово утемељење јесте у осећају стрепње као вртоглавице која настаје од дате слободе. У таквој ситуацији човек очајава — заврши Федор, гледајући у Ану, као да јој поручује нешто важно. — Али да ли је човек слободан и колико, питам вас?

Феђа је осетио баш такво очајање које се подизало из његове утробе и стезало га за врат. Давило га је лагано и неприметно, већ дуго — сада је то јасно разумео. Готово се борио за дах. Но, удахнуо је дубоко и наставио:

— Очајање је и предност и мана, каже даље Кјеркегор. Предност је у томе што се тим очајањем човек разликује од животиње, а мана што очајање води у несрећу и изгубљеност. У синтези овога двога, каже Кјеркегор, догађа се човек! И оно што, сматрам најважнијим — рече Федор, гледајући у своје школске другове, који су га с пажњом слушали — Кјеркегор је рекао да само онај ко уме суштински да ћути, тај уме суштински да говори; само онај ко уме суштински да ћути, уме суштински да дела, јер ћутљивост је осећајност — Федор застаде, гледајући у позната лица својих школских другова. — Верујем да многи од вас овде то разумеју много боље и много дубље од других. Па опет, морам да вас питам, јесте ли срећни у сазнању да је човек биће које очајава, које ћути и подноси своју несрећу, самоћу и тугу сам или је за срећу довољно само другоме пружити руку, макар да се очајање подели? — рече Феђа и упути се ка своме месту.

Тишину је прекинуо аплауз који се проломио одељењем. Професор Срећко је усхићено тапшао гледајући с поносом ка Федору. Феђа седе на столицу, одахнувши. Није могао да разуме зашто се осећао као да је преживео рат. Умор је стискао његове слепоочнице, а у утроби се ширила огромна рупа, испуњавајући га неком тежином која је претила да га преузме у потпуности. Затворио је очи, покушавајући да се сабере, кад је осетио Анину руку на својој.

— Хвала ти — тихо је рекла, стежући му руку и без речи му говорећи све оно што му је у том тренутку било потребно да чује.

* * *

Зашто мене нико не разуме? Колико је тешко схватити да се усамљеност не плаћа болом, већ трагањем за собом. Зашто је све што је другачије од нас, одмах постављено као неприхватљиво, страно, за подсмех?

Кад се отвориш свету, а свет те не разуме, да ли се то рачуна као победа или пораз? Нисам више сигуран ни у шта. Све моје одлуке, сви моји избори лебде над провалијом неразумевања. Што им се више примичем, то су колебљивије у свом опирању, издужују се као сенке које беже кад год им се желиш примаћи. И плаше ме. Ако их испустим, шта ће ми остати?

Да ли сам ја оно што се од мене очекује или оно што желим? Шта ја, заправо, желим? То је питање од милион долара. А одговор не знам. Можда се крије у ћутању и сумњи које Кјеркегор нуди као образложење за константно трпљење? Или су то изговори за унапред пропуштене прилике и изгубљене битке? Јесам ли онај за ког се издајем или онај који ћутке подноси све што му се наметне, све што му на путу наиђе? Онај који без промишљања прихвата ствари такве какве јесу, јер не могу бити другачије?

Како ће уопште било ко наслонити своје време на моје да трајемо заједно ако не умем да се управим и погледам истини у лице?

Тешка филозофија. Тежак пад. Још теже ће бити управљање кад се прихвати очајање као утемељење сваког човека на овом свету.

* * *

Федоре, Кјеркегор је био огорчени Данац сломљеног срца, који је сумњао чак и у своју сенку. Не може ти Кјеркегор бити светионик ка коме плута твој брод. Не разочаравај ме, молим те. Човек који је читавог живота сумњао у све што га окружује? Није то твоја песма, друже!

Веровати, веровати у себе, у друге, у светлост, у бол, у таму и оздрављење душе! То је оно што треба да те води. Живот је неухватљив тренутак у времену, несагледива лепота, искра у оку, вера у трајање!

Ћутање те боји самоћом. Трагање ти отежава суочавање с постојањем. Пусти, Феђа, оно што може да те повреди и веруј у оно што те подстиче да трагаш.

Шта је, уопште, слобода? Реци ми, може ли у свезаном свету ико бити слободан? Колико је потребно времена да се слободан човек одвоји од ланаца и окова? Може ли уопште човек да стоји без ланаца који га за земљу вежу?

Без везе са светом, нема ни везе са собом. Пресеци ланце, изгубићеш себе! А ко изгуби себе, узалуд му слобода!

- Ана -

Мајка се вратила у петак поподне, још уморнија, блеђа и старија него кад је отишла. Поздравила је Ану климањем главе и без речи ушла у своју собу. Ана је кренула за њом, али је застала пред затвореним вратима. Подигла је руку да покуца, али се предомислила и ушла у своју собу. Очигледно је мајка желела да буде сама и она ће поштовати њену одлуку.

Села је на кревет, размишљајући о данима празника који следе. Распуст је почео, али она није осећала било какву радост или усхићење. Чак ни дочек Нове године, на који је Феђа поново позвао, није у њој будио никакве осећаје. Било јој је довољно да буде сама, да чита, слуша музику. Ану су једноставне и мале ствари испуњавале радошћу. Нову годину је до сада увек дочекивала сама, није било разлога да се то мења. У последње време јој се живот мења више него што би она волела. Губила је контролу и то ју је узнемиравало.

Док је покушавала да отвори фиоку, која се стално заглављивала, огласио се телефон. Стигла је порука.

Јеси ли се предомислила за понедељак? Могло би стварно да буде забавно...

Федор је на све начине покушавао да је наговори да се предомисли. И чинио је то суптилно, не притискајући је, не чинећи да се осећа нелагодно. Једноставно није одустајао и то ју је натерало да се осмехне.

Само замисли каква би бомба пала да уђемо заједно код Мрког! Размисли, хајде да се мало забавимо...

Тако је гласила следећа порука. „Стварно, каква би то бомба била”, помисли Ана.

Не, хвала... превише је то узбуђења за мене. Лепо се проведи и поздрави Хану!

Брзо је откуцала поруку и послала је. Заиста је мислила да је то превише узбуђења за њу. Она није ишла на журке, она се није дружила, побогу, она се ни са ким није дописивала. Па, ево је, дописује се са Федором Томићем и при том се због тога осећа добро. Шта јој се то дешавало?

* * *

Јутро 31. децембра је освануло мутно. Облаци су се ваљали у даљини најављујући снег. Време је убрзано пролазило, мењајући Ану неповратно. И она је то осећала. Неспремна на догађаје који су обележили протекле месеце, покушавала је колико-толико да задржи ред на који је била навикла. Једноличност њених дана је било оно што је осећала као сигурну луку, предвидљивост јој је нудила сигурност и сада, кад су јој узде сопственог живота истргнуте из руку, осећала се као бродоломник на отвореном мору, који ће се сасвим сигурно удавити, јер су таласи огромни, а у близини нема никог да чује њене позиве у помоћ!

Дан је брзо одмицао, снег је падао без престанка. Седела је у омиљеној фотељи и читала *Гордост и предрасуде* Џејн Остин. Ана је уживала у врцавој памети Елизабет Бенет, у њеној својеглавости и одлучности да се бори. Она је била све оно што је Ана желела да буде, што је можда могла да буде, да су околности биле другачије...

Размишљала је о свом животу, о свему што је имала и изгубила. О свему за шта се није борила, о свему што је тако лако препустила. Ана се није супротстављала, она је прихватала живот онакав какав је, као једну зацртану линију коју је немогуће променити, преместити, којој је немогуће доцртати другачији пут. „Да ли је могуће да си фаталиста, Ана”, питао би је Феђа сигурно, да може да чује њене мисли. Сигурна је да би подигао леву обрву у знак питања... Допадало јој се кад то чини иако му то никада не би рекла. Деловао је некако раздрагано, готово дечачки симпатично. Незрело. А опет, његова памет је била енциклопедијских размера. Знао је толико тога, а никада се није разметао. Ана није била сигурна да ли би могла пажљиво да слуша, разуме, као што је чинио Феђа или би, са самоувереношћу коју он има, била спремна да дотакне ивицу неба.

Из мисли је пренула пуцњава петарди која је одјекивала парком. Људи су се веселили новој години, верујући да ће све туге, самоће и тишине оставити у старој. „О, кад би то било тако лако!”, помислила је Ана и пришла прозору. Небо су осветљавале најшареније боје ватромета који је допирао из свих праваца. У стану преко пута, неко је певао. Музика је допирала са свих страна и Ана је тако сад постала свесна времена које је протекло. Поноћ је била ту. Још једна година у низу, а иста питања, исте недоумице... Шта ли је за њу припремила 2013. година, питала се Ана.

Мајка је вероватно спавала, јер је светло у њеној соби било угашено.

— Срећна Нова година, мама — тихо је рекла пред вратима спаваће собе својих родитеља.

Јер то је још увек била соба њених родитеља. Све очеве ствари су биле ту, као да он никада није отишао, као да ће се вратити сваког тренутка. Мајка једноставно није желела да се помири са чињеницом да га нема. Можда јој је тако било лакше, а можда једноставно није желела. Ани то никада није било јасно. Вероватно никада и неће.

Пошавши ка кухињи, зачула је тихо куцање на улазним вратима. Застала је, не верујући да га је заиста чула. Сачекала је још тренутак и куцање се поновило. Немир је преплавио Ану у тренутку. Није очекивала било кога, још мање у ово доба. Јесте, била је Нова година, али комшије никада нису долазиле да честитају празнике, јер су се Јелићеви увек држали резервисано и подаље од свих.

Полако је пришла вратима, подигла се на прсте како би могла да погледа кроз шпијунку. У тренутку, срце јој је брже закуцало, дах се убрзао и све што је Ана осетила била је радост. Откључала је врата и полако их отворила. Пред вратима са упаљеном прскалицом стајао је Федор. Коса му је била влажна од снега, а у плавим очима играле су варнице прскалице. Закорачио је према њој и пружио јој прскалицу, коју је Ана изненађено прихватила. Ћутали су обоје, посматрајући своје одразе у очима оног другог. Кад се прскалица угасила, једноставно ју је загрлио, шапућући јој у ухо:

— Срећна Нова година, Ана Јелић!

* * *

Зашто су празници време кад се носталгија пробуди и шчепа те као звер која мора да потрга сопствену кожу како би се ослободила чаролије која је држи свезану? Испливају неке ране за које си мислио да си их давно излечио, па преболео. Онда се са њима суочиш, а оне изгледају свеже као првог дана и схватиш како је лако било заваравати се. Правити се да је све у реду, да се ништа не догађа. Да си добро.

Мислим да мајка то ради, чувајући очеве ствари у соби. Одбија да га пусти, јер ако то учини, ако га пусти, признаће да је свих ових година волела утвару, будила се уз утвару и на крају и сама постала једна. Мајка заиста подсећа на утвару. И не мислим у метафоричком смислу. Видим да мајка копни, нестаје, а ја не могу да учиним ништа поводом тога.

Њена је кула зазидана ћутањем, сви улази у њен свет су добро чувана места, готово као лавиринт из кога ниједан пут не води у центар. Сви ће вас одвести у потпуну и комплетну празнину која и даље расте, шири се и надима. Никога она не прима близу. Чак ни мене. Поготово не мене.

Одустала сам одавно у покушајима да је разумем. Ни она не разуме мене. То је тако. Прихватам то. Некад једноставно мораш одустати, јер је борба узалудна. Пустити да се одмориш, сабереш, утихнеш у боли која не попушта. Јер тако једино преживиш.

И схватиш да можда можеш да даш још много неком другом. Неком ко ти у поноћ закуца на врата да ти пожели срећу, ко ти на длану донесе једну једноставну жељу. Неко ко те загрли и отвори ти читав један нов универзум.

Хвала ти, Феђа, на првој успомени која ми спасава срце. Лечи душу. Смирује немире.

Јер смрт је само логична негација живота... Живот није материја, а није ни дух, он је нешто између тога двога, феномен ношен материјом, као дуга над водопадом и као пламен.

Чаробни брег, Томас Ман

Јануар, 2013.

- Ана -

Дани су се неприметно вукли и распуст је скоро био при крају. Јануар није штедео на хладноћи. Дани су били кратки, ноћи предуге. Па ипак, Ани су дани пролазили мирно, нудећи јој својеврстан одмор од константне ужурбаности и немира.

Федор је постајао полако њен једини ослонац, неко ко је разуме и прихвата таквом каква јесте. Постајао је пријатељ и Ана је схватала да у том сазнању јако ужива. Још који дан и почиње школа, седеће поново крај њега и његова присутност ће јој дати снаге да прегура остатак школске године. А онда... О томе Ана није желела да размишља. О томе ће мислити када за то буде дошло време.

Док је пословала по кухињи, зачула је шкрипу врата мајчине собе. Опрала је руке и на брзину их обрисала крпом, кренувши према мајци. Она је стајала на довратку, ситна, мршава, тек сенка оне жене која је била до скоро. Ана је била врло забринута за мајку, али од ње није могла сазнати ништа. Мајка је тврдоглаво устрајавала у одговору да је добро и да јој није ништа. Ана је знала да то није истина. Била је уверена да мајка нешто крије.

— Мама, треба ли ти нешто? — упита Ана прилазећи јој.

— Не, не треба ми ништа, хтела сам само да те видим — рече и ноге је издаше.

Пошто је била наслоњена на довратак, само је, као сенка, склизнула на под. Ана јој брзо притрча, покушавајући да је подигне. Иако је била сама кост и кожа, није успевала да је помери, јер је мајка непомично лежала, очигледно без свести.

Паника је преузела контролу над Аниним телом. Брзо се усправила и дотрчала до телефона, окрећући 194. Након првог звона, огласила се диспечерка.

— Молим вас, мајци је позлило, лежи без свести — поче Ана панично да објашњава.

— У реду — рече смирено диспечерка — одакле зовете?

Ана брзо издиктира адресу и даде одговоре на питања о мајчином тренутном стању.

— Екипа ће бити брзо код вас. Поставите је да лежи постранце и пратите њено дисање и смирите се. Неопходно је да будете мирни — рече женски глас коме Ана никако није могла да додели ни име ни лик.

Веза се прекинула и Ана је остала сама са мајком која је плитко дисала, али је дисала и то је оно што је смиривало Ану. Пришла је мајци и поставила је у положај који је безимена и безлика жена рекла и ухватила је мајку за руку. Сада је само могла да чека и да се моли. А Ана није знала како... никада се није молила, јер се никада није ослањала на друге, па чак ни на Бога. А сад јој је био потребан више неко икада...

Убрзо је звоно огласило долазак екипе хитне помоћи. Откључала је и склонила се у страну како би у собу ушли омалена докторка и медицински техничар. Брзо су пришли мајци и проверили јој пулс, зенице... све се пред Аном дешавало као у успореном филму.

Докторка јој је нешто говорила, али Ана није била у стању да разуме. Тек кад ју је ухватила за рамена и продрмала, Ана је успела да се фокусира.

— Она мора са нама. Не изгледа добро. Ти си јој ћерка? — упита забринуто докторка.

— Да — изусти Ана.

— Има ли још неког са вама?

— Не — дрхтавим гласом рече. — Само нас две.

— Ми је водимо у Ургентни — рече докторка — не можеш са нама, јер нема места у амбулантним колима. Дођи у Ургентни! — рече и отвори врата, кроз која мајку на носилима изнеше техничар и још један човек за ког Ана није знала одакле се створио.

Врата се треском затворише и Ана остаде у апсолутној тишини, скамењена. Није знала шта да ради, ни куда да иде. Окренула се немоћно око себе, а затим брзо обула чизме и зграбила капут са чивилука и истрчала из стана. Кад је стигла до лифта, сетила се да није закључала, па се вратила да закључа стан. Лифт је дошао брзо и Ана је улетела, панично ударајући по дугметима како би се што пре покренуо.

Кад је истрчала из зграде, пресекла ју је језива хладноћа. „Мајка је била само у спаваћици”, помисли, „смрзнуће се”, пролете јој кроз главу. Схвативши колико је ирационална та помисао, Ана одмахну главом и потрча низ улицу.

— Еј, Јелићева, сломићеш врат! Куда тако безглаво јуриш? — упита је Хана, створивши се пред њом ни од куда.

Ана ју је избезумљено гледала, отварајући уста, али гласа није било. Изгледала је као риба на сувом, која се бори за сопствени живот гутајући ваздух, уместо воде. Хана је схватила да нешто озбиљно није у реду.

— Ана, Ана — чврстим гласом је позва, стежући је за подлактице. — Смири се и реци ми шта се догодило?

— Мајка је пала, одвела је хитна помоћ, морам у Ургентни одмах — успе да промуца Ана, вртећи главом још увек у шоку.

— Добро, добро — рече вадећи телефон из џепа. — Идемо. Ту је такси станица код пијаце. Идемо — повлачећи је за рукав, усмери је низ улицу идући поред ње док је звала неког телефоном.

— Мама, ја сам. Види, доводе мајку моје другарице код тебе у Ургентни — рече задихана. — Не, не знам шта јој је, само је пала. Не знам, мама, где је пала, у стану, претпостављам. Јелић. Да! Не знам име... — Хана је викала у телефон видно узнемирена. — Долазим са Аном, њеном ћерком, и зовем те кад стигнемо — рече и прекину везу.

Ана је гледала празним погледом. Хани је било јасно да је у шоку и да је потпуно нефункционална. Угурала ју је у такси и опрезно упитала:

— Молим те, испричај ми шта се догодило?

— Кога си звала? — упита Ана, гледајући је опрезно.

— Звала сам маму. Она је лекар у Ургентном и сад је дежурна. Док стигнемо, имаћемо све информације. Не брини се, само ми испричај шта се догодило.

Ана уздахну и исприча Хани све што се догодило, као и своје сумње да са мајком нешто није у реду већ неко време. Кад је завршила са причом, такси је улазио у круг Клиничког центра и заустављао се испред улаза у Ургентни. Хана извади новац из џепа и плати таксисти, отварајући врата и излазећи из таксија. Већ је имала телефон на увету и разговарала са неким, Ана је претпостављала са мајком.

Утрчале су у Ургентни, журећи ходницима. Ана је ишла за Ханом као робот. Ускоро су биле пред ординацијом бр. 17 на трећем спрату. Хана је покуцала и ушла не чекајући дозволу. Ана је ушла за њом. Са столице је устала ситна, лепа црвенокоса жена и загрлила Хану, а затим пришла Ани и стегла је у загрљај. Ана се укочила, јер то није очекивала. Кад се жена мало одмакла, Ана је уочила колико Хана личи на мајку.

— Молим Вас — рече Ана, гледајући у Ханину мајку.

— Седи, Ана — рече јој докторка Милић сталожено и окрену се Хани. — Сачекај нас испред ординације, мила — благо јој рече.

— Остаћу — чврсто рече Хана, гледајући у Ану, тражећи безгласно дозволу. Ана климну главом и Хана седе поред ње на столицу.

— Немам добре вести, нажалост — рече тихо, гледајући Ану право у очи.

Ана осети како је дрхтавица кренула од ножних прстију навише и како јој трну врхови прстију на рукама. Утом осети чврст стисак. Хана ју је ухватила за руку и није пуштала.

— Госпођа Јелић је у терминалној фази леукемије — готово прошапта докторка. — Била је хоспитализована у последњој недељи децембра овде код нас на Институту за хематологију, али нажалост, само да би се утврдило да је болест у завршној фази. Данашњи колапс је почетак тог краја, бојим се — заврши докторка.

Ана се укочила, затворила очи и сконцентрисала се на дисање. Мајка није била на конгресу библиотекара у Сокобањи. Мајка је била овде, у болници, суочавајући се са чињеницом да је полако, али сигурно умирала. Осетила је Ханин стисак руке и ухватила се за њу као дављеник. Једва је дисала, а бол је прелазила границе подношљивог. Свет који је Ана до сад познавала, управо је нестао у облаку празнине и бола.

— Шта нам преостаје? — упита Хана, као да је прочитала Анине мисли.

— Ништа — рече докторка прелазећи погледом с једне девојке на другу — остаће овде код нас док... — не заврши реченицу.

— Могу ли да је видим? — одједном упита Ана.

— Можеш је видети кроз прозор интензивне неге, али те не могу увести унутра — рече др Милић.

Климнула је главом и устала са столице. Кренула је ка вратима, благо се тетурајући. Хана ју је држала испод руке.

— Нећу те пустити. Ту сам, бићу с тобом све време — рече јој, гледајући како јој се зелене очи затварају и гасе.

Ишле су ходницима, као војници који су се управо спасили из рова у којем су били данима. Ана се тетурала, вукући Хану за собом. Др Милић је ишла испред њих, повијене главе, размишљајући о величини несреће која је задесила ову крхку девојку. Прошле су кроз велика стаклена врата и нашле се у предворју интензивне неге. За столом испред великог стакленог зида седеле су болничарке, које су поздравиле др Милић устајући и прилазећи јој. Нешто им је тихо рекла, а једна од њих, девојка не старија пуно од Ане и Хане, приђе им и ухвати Ану за руку. Хана се надвила заштитнички над њу, не пуштајући јој руку.

— Идем с њом — рече болничарки, која их поведе поред стакленог зида у леву страну.

Зауставиле су се преко пута последњег кревета у низу. На њему је лежала Анина мајка, са маском за кисеоник преко лица, малена, утонула у превелик кревет. Изгледала је тако крхко, као да се последњим нитима снаге држала за овај свет и свој живот. Машине су зујале и повремено пиштале, разбијајући мучну тишину. Као да су тим звуцима браниле ове несрећне људе иза стакленог зида од утвара које су одводиле њихове душе на другу страну.

Ана је наслонила длан на хладно стакло, не склањајући поглед с мајке. Једва чујно је изговорила:

— Молим те, мама, молим те, не остављај ме и ти...

Хана је дословно чула како се Анино срце разбија у милион комадића, ту у предворју интензивне неге и физички је осетила како је душа боли. Погледала је Ану у тренутку кад је она склопила очи, пуштајући једину сузу да склизне низ образ.

* * *

Куда одлазе они који крену на пут без повратка? Како се тамо уопште стиже? Ко ти отвори врата, покаже тајни пут за прелазак на другу страну? Ко ти обећану вечност стави на длан? Ко, мама?

Како изгледа кад оставиш неког ко ти је све на свету? Како те ноге поведу путем светлости? Шта се налази на крају тунела? Ко те је сачекао раширених руку? Јеси ли коначно срећна? Јеси ли, мама?

Нисам била довољно јака да те задржим јер си силно желела да одеш. Било је тешко отргнути те од света коме си журно хрлила као ослобођењу од свих болова, као ка опросту, као ка милости коју си једном као кап воде чувала на длану за мене. Шта се са њом десило? Блиста ли још увек за мене у мраку твојих туга или си је успут негде испустила, па је згасла? Где је, мама?

Како се опрашташ од дела себе, од једине познате, константне нити која је везивала твој живот за стварност? Како то да учиним а да се не сломим као да сам од стакла? Како да останем чиста, као неисписани лист папира? Како да настазим кроз овај живот сама? Како, мама?

* * *

Кад се затвори један пут, ненадано се отвори нови. Кад ти живот залупи врата пред носом, отворе се нова иза леђа. Никад се све не завршава у тренутку. У ствари, не завршава се никад, само се ми у свом очају фокусирамо на бол, па нам решења увек остану изван видокруга.

Остала си сама, кажеш. Ниси. Ти си сама одувек. Само ти је сада то очигледно. Сваки је човек на овом свету сам. Па је научио да своју самоћу утка у самоће других да би је лакше носио, да би му лакше било да мисли да међу људима може заборавити на њу. А не може. Самоћа увек сачека своје време, својих пет минута.

Кад схватиш да си одувек и заувек сам, терет на леђима постане лакши. Време излечи ране које крваре, живот те натера да изабереш пут. И онда кренеш. Само се пустиш, а ноге саме иду, као да си хиљаду пута прошла баш ту стазу, као да је знаш напамет. Идеш, не гледаш куда, али идеш.

Онда у једном тренутку схватиш да је пут све шири, измаглица се полако подиже, назиреш нешто на хоризонту. Шта ће те тамо сачекати? Е, то зависи једино и искључиво од тебе!

- Федор -

Од тренутка кад му је Хана јавила да је Анина мајка умрла, време је стало. Трудио се да буде од помоћи, да организује са Миром и разредном све што је било потребно, јер Ана се потпуно затворила. Покушао је да са њом разговара неколико пута, али наилазио је на зид. Гледала је кроз њега, потпуно одсутна и скамењена. Ходала је по кући као робот, обављала све ствари механички. Оно што је Федора највише бринуло је то што није плакала. Мира му је објашњавала да је то психолошка реакција на губитак, да мора да буде стрпљив, да ће се отворити, да јој сви морају дати простора да тугује и још море таквих глупости. Федор се бојао да Ана не жели да се врати са тог места, где год да се налазила. И то га је ужасавало. Био је тако беспомоћан.

Јутро сахране је дочекао седећи за својим радним столом. Једноставно није могао да заспи, па није ни покушавао. Седео је за радним столом и гледао у њен број телефона, још увек закачен чиодом насред флајера за студије у Америци. Размишљао је о свом животу и о томе како је често узимао здраво за готово све што је имао. И што није имао.

Имао је кров над главом, али није имао сигурност. Живео је у најбољем делу града, у стану са свим погодностима и привилегијама које вам новац може донети, а опет се осећао као просјак. Био је жељан љубави, нежности, било му је потребно да припада, да буде укорењен. Тек сада је схватао колико је безначајно имати све за чим други жуде, ако немаш себе. Ако не знаш ко си, ако не знаш где ти је место под капом небеском, у којем можеш пронаћи мир. Ако немаш дом. Није само Ана била сироче. Био је то и Федор иако су у соби до његове седели људи који су се називали његовим родитељима. Њих није повезивало ништа осим адресе на којој су живели и ланца ДНК који су делили. Породица је нешто друго, породица је лука у коју упловиш кад те таласи ломе, кад те олује стигну, кад ти срце крвари и онда нађеш разумевање, нађеш припадање, нађеш безусловну, једноставну љубав која се не мери испуњеним очекивањима. Све је то коначно Федор схватао суочавајући се са Аниним губитком, који је осећао као свој.

Устао је и обукао се. Напољу је било ледено, а на гробљу је увек још хладније. „Симболика је била очигледна”, помислио је Федор, навлачећи црни џемпер преко кошуље коју је претходно обукао. Изашао је из собе, обуо чизме, обукао јакну и без поздрава изашао из куће. Извадио је телефон из џепа и позвао Хану.

— Еј, Феђолино — рече му Хана уместо поздрава. Звучала је уморно.

— Хана, какав је план? — упита Феђа, прескачући уобичајени поздрав. Није био расположен и тескоба га је стезала челичним стиском.

— План је да нема плана — рече. — Ми смо на путу ка Орловачи. Дођи право тамо. Бићеш ми потребан јак, Феђа — додаде тишим гласом.

— Како је она? — упита забринуто Федор, убрзавајући корак како би прешао улицу.

— Исто. Повремено се укључи, туга јој блесне у очима, али највећи део времена је потпуно одсутна. Готово кататонична. Бринем се, Феђа — заврши Хана.

— Видимо се тамо — суморно рече и прекиде везу.

Кад је нешто касније стигао на гробље, ветар је носио снег преко стаза, правећи завесу која је заклањала прве редове гробова. Испред капеле није било никог. Феђа се журним кораком упути преко поплочаног платоа, заустављајући се на вратима капеле. На средини је стајао ковчег, покривен белим цвећем. Велики дрвени крст је био наслоњен на сандук. На њему је писало Марта Јелић 1961-2013. Мајка јој се звала Марта и имала је 51 годину. Чињенице које није знао. Колико још чињеница о Ани Федор није знао?

Онда је подигао поглед и угледао Ану. Стајала је мирно, бледа и прозирна као привиђење, усправних леђа и празног погледа. До ње је стајала Хана, нешто даље разредна и Мира, а са друге стране Ханина мајка. Никог више није било. Феђа се стресао и упркос хладноћи која је секла, осетио је како му се низ леђа сливају капљице зноја.

Полако јој је пришао, размишљајући шта да ради. Да ли да је загрли? Да ли само да стане поред ње? Био је очајан и био је збуњен. Туга је витлала његовим умом као ледени ветар напољу. Стао је испред ње и склонио јој залутали прамен косе са лица.

Није одреаговала. Није га погледала. Стајала је мирно, као да је воштана фигура.

Нешто је у Федору пукло и он је посегао за Аном, хватајући је за потиљак левом руком, стежући је у загрљај, као да му од тога живот зависи. Чуо је кад је уздахнула, а затим је осетио како подиже руке и хвата га за revere јакне, наслањајући главу на његове груди. Лева рука му је још увек била у њеној коси, држећи је за потиљак, док је десном полако прелазио преко њених леђа. Била је доста нижа од њега, па је браду наслонио на њено теме. Стајао је тако, не померајући се, покушавајући да разуме и питајући без гласа оног ко је о судбинама одлучивао, зашто она? Зашто је неопходно да оволико пати?

— Не знам да ли ово могу... — зачуо је шкрипав звук који је личио на јецај. — Не знам да ли могу, Феђа — сад ју је чуо јасније.

— Можеш, Ана. Мораш — једноставно је рекао, шапућући јој у косу. — А ја ћу бити са тобом на сваком кораку — рече, а глас му је подрхтавао, претећи да га изда.

Одмакао се тек кад је свештеник ушао у капелу. Феђа је стао поред Ане, и ухвативши је за руку, видео је да је у капели сада било много више људи. Био је ту Сале са Сањом, Мрки, још неколико другара из одељења, професор Срећко, Виолета, Милена физичарка, професорка Јелача, чак је и Смиљанић дошао. Сви су ћутали. Мрки је гледао испред себе, по први пут у животу озбиљан као смрт. Федор се умало није насмејао. Имао је утисак да луди...

Кад је опело почело, капелу испуни мирис тамјана и Феђа затвори очи. Чврсто је држао Ану за руку. Њена шака је била тако сићушна у његовој огромној шаци и била је ледена. Са друге стране до Ане је стајала Хана, црвених, отечених очију. Деловала је исцрпљено. Али то је била његова Хана. Стена на коју се можеш ослонити увек и да се никада не плашиш да ће попустити, да неће издржати. Био је срећан што је нашла начин да буде део Аниног живота, знао је да ће јој Хана бити потребна у данима који долазе.

Малена поворка се упути стазом са које је ветар одувао снег. Са свих страна, као војници на стражи, посматрали су их надгробни споменици људи чије је време истекло. И Феђа није могао а да се не запита колико је времена њима дато? Ко то одређује? Према каквим заслугама се одмерава колико траје људски живот? Одговора није било. Споменици су ћутали, људи су ходали полако, замишљени.

Нису дуго ишли до свеже ископане раке. Неки су људи спустили сандук и свештеник га је залио вином, позивајући да се у раку баци комад земље. Прва је пришла Мира, подигла грумен и бацила га. Тупи звук ударца о дрво је одјекнуо као пуцањ. Ана се тргла и затворила очи. Затим су то учинили и остали и сваки пут би Ана поскочила на звук ударца земље о сандук. Феђа је погледао, и ухвативши је за рамена, окренуо је ка себи.

— Баци земљу, Ана, опрости се од ње — изговорио је опрезно.

Гледала га је празним погледом, одмахујући главом. Тишина је била заглушујућа. Сви су стајали без гласа, дрхтећи на јануарском мразу. Федор је повуче у загрљај и протрља њена леђа својом великом шаком. Она је удахнула, окренула се ка окупљеним људима и што је гласније могла рече:

— Хвала вам свима што сте данас били уз мене. Не знам како бих издржала све — застаде прелазећи погледом преко окупљених — сама — заврши тихо.

Затим се сави и дохвати комад залеђене земље. Посматрала га је дуго, а онда га лагано пусти да падне из њене шаке. Када је грумен ударио у сандук, сузе су из ње провалиле као бујица коју је брана дуго задржавала, али више није издржала. Стајала је на ивици мајчиног гроба и плакала, први пут дозвољавајући другима да виде колико је рањива, колико је беспомоћна, колико је усамљена. Јецаји су јој се отимали из груди и потресали њено сићушно тело, а сузе се ледиле на образима.

Очајање је прострујало кроз све присутне и нико више није био у стању да задржи сузе. Плакали су сви. Јануарски ветар је око њих разносио снег, откривајући бол која је потекла из ових људи, враћајући је земљи у коју су спустили Марту Јелић заувек.

* * *

Прво се спустила тама. Онда сам осетио како се сенке подижу са земље и крећу у супротним смеровима. Нестају.

Онда је дошла тишина. Она неподношљива, густа као катран, горка као чемер. Спустила се као мора из које се не можеш пробудити иако је то једино што желиш.

Затим ме је у наручје узела бол. Силна. Необуздана. Разарајућа. Она од које утрне и последњи дамар у срцу. Она због које пожелиш да ниси жив.

Стајао сам у тој леденој капели, држећи у наручју Ану, и размишљао о смрти. Нисам се могао отргнути од те мисли, од те хладноће. Стезале су ме, давиле, бориле се са топлотом коју сам очајнички покушавао да задржим. Да сачувам. А онда се Ана сместила у мој загрљај као у калуп према коме је направљена и све је утихнуло. Са груди се подигла тежина, могао сам дишем.

Осетио сам неописиву радост. Радост је колала кроз мене лудачки, махнито. У тренутку сам се осетио као најгори човек на свету. Стојим крај одра жене која је могла још да живи, којој није било време, држим у загрљају скрхану девојку која ми копни пред очима, нестаје, а ја осећам радост. Ону најчистију, свеопшту радост.

Питам се шта је то у човеку што га тако оголи и сведе га на животињску свест? Близина смрти? Страх? Или је то срећа што је преживео, јер је на лутрији извучен неки други број, неки други живот? Не верујем да ћу икада сазнати. Можда и боље.

Гледао сам у лица људи који су дошли да се суоче са коначношћу, са пролазношћу свих ствари на овом свету, па и човека. Неколико људи, који стоје уз Ану, подупирући је својом присутношћу да се не распадне. И осећам захвалност, јер то не бих могао да учиним сам, упркос надљудским напорима које улажем, осећам како клизи, нестаје, растаче се као да је магла, као да је сан.

Док смо ишли ка месту на које ћемо једном сви стићи, журили или не, размишљао сам о пролазности, о коначности и осетио сам да је безнадежно све што покушавам. Да је живот једно неумитно кретање ка смрти која нас увек на крају чека, као једина постојана и извесна ствар. И желео сам да ми постане свеједно, да ме није брига, да не марим. Желео сам, о како сам јако желео...

А онда поглед на њу, на људе који су, упркос леденом јутру у којем смо се сви нашли, препуштени својим најцрњим мислима, стајали украј јаме која гута нашу присутност и зауставља све наше наде — јасно видео да нисам могао да је пустим да се да очају у који је загазила, коме се препуштала као спасу, као једином излазу. Нисам могао, јер то није спас. То није излаз. То је корак ка нестајању, то је корак ка забораву...

Ухватио сам јој руку и везао је за своју.

Кад је комад залеђене земље ударио о сандук у којем је почивало све оно што је било њена снага до сада, иако она то није знала, није видела, из ње је потекло прихватање, опраштање и увиђање да не може с њом равнати своје кораке као до сада, да никада више неће наслонити своје тишине које су их везивале, једну на другу, јер је мајка отишла. Заувек отишла, остављајући је саму.

Прво се спустила тама. Онда сам осетио како се сенке подижу са земље и крећу у супротним смеровима. Нестају.

Онда је дошла тишина. Она неподношљива, густа као катран, горка као чемер. Спустила се као мора из које се не можеш пробудити иако је то једино што желиш.

Затим ме је у наручје узела бол. Силна. Необуздана. Разарајућа. Она од које утрне и последњи дамар у срцу. Она због које пожелиш да ниси жив.

Збогом, Марта! Нека су ти сви небески путеви отворени и обасјани светлошћу!

Човек ни сам не зна да ли живи ради самог себе или ради живота
и нико то никад и не може тачно и поуздано знати. Ја мислим да
ту и нема јасно повучене границе. Има себичне пожртвованости
и пожртвоване себичности... онако као у љубави.

Чаробни брег, Томас Ман

Фебруар, 2013.

- Ана -

Тишина је била неподношљива. Дани су се стапали и Ана је изгубила појам о времену. Није знала ни који је дан ни колико је сати. Лежала је у кревету обучена. Не сећа се ни како је заспала ни кад. Поред ње, на столу стајала је чаша воде, светло је било угашено, завесе навучене. У соби је било мрачно, па Ана није могла да одреди доба дана. Или је била ноћ, сад је тако свеједно.

Ана је полако устала, осећајући још увек измаглицу сна. Спавала је дуго, али није сањала. Ана није никад сањала или није могла да запамти снове. Није знала. Није ни било важно. „Ништа више није важно”, помислила је и отворила врата своје собе.

На фотељи у дневној соби је седела Хана и читала. Готово је живела код Ане, тек је понекад одлазила кући по гардеробу или храну, коју је њена мајка спремала за обе. Сваког дана су се у посетама смењивале разредна и Мира. Федор би цео дан провео код Ане, али је свако вече одлазио кући. Није никад била сама. Није знала како да се због тога осећа. Да ли је требало да буде срећна јер је пријатељи не остављају саму у овим тешким тренуцима или да буде љута, јер јој не дозвољавају ни тренутак самоће. Осећала је све и није осећала ништа. Све је било тако конфузно.

— Хеј, јеси ли гладна? — упита једноставно Хана.

— Нисам — одговори Ана, седајући на фотељу преко пута Хане.

— Федор је управо отишао, а Мира је оставила неке папире да потпишеш — обавештавала ју је Хана.

— Зашто си ти још увек ту, Хана? — изненада упита Ана. — Зашто не идеш кући?

— Зато што желим да будем овде — опрезно рече, гледајући је у очи. — Нећу те оставити, Ана. Рекла сам ти то већ и ако мислиш да ћеш ме отерати тим ставом првокласне кучке који тренутно имаш, опасно грешиш. Нисам овде да те надгледам — настави, поново читајући Ану као отворену књигу — већ да ти помогнем да прегураш овај најтежи део. А то је прихватање — рече јој и устаде из фотеље одлазећи у кухињу.

— Хоћеш ли чај? Ја ћу направити себи, смрзла сам се само од гледања кроз прозор — додаде — погледај кроз прозор, па ћеш видети и сама!

Ана погледа кроз прозор. Мећава је беснела, прст се није видео пред оком. Ветар је ковитлао снег и повијао гране дрвећа до залеђене земље. Ана помисли на Фећу.

— Кад је Федор отишао? — изненада упита Ана, не чувши шта је Хана рекла мало пре.

Хана изађе из кухиње с осмехом на лицу. Посматрала је Ану нетремице, а онда јој приђе, клекну испред ње и ухвати је за руке.

— Јавио се мало пре да је стигао и да пита да ли си се пробудила — рече јој благо. — Тај момак би урадио све за тебе, зато што те воли — рече јој Хана, стежући јој шаке, као да жели да је тргне и да Ана коначно поверује у те речи. — Не гурај га од себе, пусти га да тугује са тобом.

— Не могу — рече Ана. — Једноставно не могу.

— Зашто, Ана? Јер ти је лакше да самосажаљеваш себе? — рече јој оштрије, усправљајући се и идући ка кухињи. — Ја нисам човек који уме да се претвара, Ана. И увек говорим истину, а истина ти се можда неће свидети и нисам сигурна да ли је сада право време да је чујеш.

— Не — поче Ана — не разумеш...

— Шта не разумем? Да ти је тешко? Да немаш никога више? Да ти треба време? Шта не разумем? — упита је Хана, стојећи на вратима кухиње.

— Не могу да се отргнем од овог осећаја који ме стеже овде — рече Ана, спуштајући руку преко груди.

Хана јој опет приђе и седе крај њених ногу на под поред фотеље. Ана је седела на фотељи, бледа и замућеног погледа.

— Знам да је тешко, могу само да замислим како се осећаш, јер никада нисам била у таквој ситуацији, али, Ана, ниси сама. Имаш толико људи којима си важна, којима је битно како се осећаш, који би урадили све да ти помогну, али ти им не дозвољаваш. Две недеље ниси изашла из куће — рече Хана тише — једва из собе изађеш. Не можеш тако више... Утапаш се у жалости, а живот иде даље, Ана. Свет није стао и неће. Мораш да кренеш даље, једноставно мораш или ћеш се препустити очају и удавити се у самооптужбама, кривици коју не треба да осећаш и самопрезиру. И онда, једног дана, кад се будеш тргла, схватићеш да ти је живот прошао и да си изгубила људе који те воле. Већ си изгубила пуно до сада, немој изгубити све — тихо рече Ани.

Ана је гледала у једну тачку на зиду и плакала без гласа. Сузе су само клизиле из њених зелених очију остављајући траг на образу.

— Погледај ме — инсистирала је Хана — извини што сам груба, али нешто морамо да променимо. Ти мораш да се промениш! Нисам мислила да ћеш се тако лако предати, Ана Јелић! Оно што те не убије, то те ојача, кажу — рече Хана — а ти си жива! Жива си, Ана и од тебе очекујем да се бориш. Дан по дан, али да не одустајеш, а ја ти обећавам да ћу стајати уз тебе увек. Увек! — рече јој и јако је загрли, плачући са Аном.

* * *

Препустити се очајавању, самосажаљевању је лако. У ствари не, глупо је. Јадно. Жао ми је што сам директна. Не умем другачије, сећате се, као фластер. Одједном повучеш и преживиш. Као буђење из сна, као улазак у хладну воду... Све је лакше ако не оклеваш, ако се не премишљаш, ако се не припремаш да пронађеш изговор.

Хана је Хана. Најбоља кад је најтеже. Да те гурне, да ти стргне повез са очију и натера те да се погледаш. Да ти каже што не желиш да чујеш. Да се не прави да све разуме и да је боли безмало као тебе. Да те промени, јер мора. То је Хана. Стена. Сидро. Стварност.

Хана је пријатељ. Онај прави. Који те чува док спаваш, који те подиже кад падаш, који ти каже истину и кад ниси спреман за њу. Јер пријатељи то раде. Увек. Не само кад је потребно. Увек!

Зато Хану обожавам! Иако, морам да признам, понекад се и ја изненадим колико је њена непосредност без филтера. Жацне ме понекад, али се брзо повратим. Навикне се човек на све, баш на све!

- Федор -

Пробудила га је порука од Хане.

Немој долазити данас, Ана ће доћи у школу.

Поново је прочитао поруку, а затим је скочио из кревета, видевши да је 7:15. Закасниће. Брзо се обукао, опрао зубе, обријао се и журно изашао из куће. Такси га је чекао. Није се често возио таксијем, али јутрос је морао како би стигао на време.

Гледајући зимски пејзаж који је промицао кроз прозор аутомобила, Феђа је поново размишљао о недељама после сахране Анине мајке. Ана је била потпуно изгубљена у некој измаглици која је спречавала да се повеже са било ким. Седела је у фотељи и гледала кроз прозор или је спавала. Спазала је много. Није му дозвољавала да јој приђе. Затворила се и није успевао да пронађе пут до ње.

А толико му је недостајала! Желео је само да седи поред ње и да поделе ћутање. Желео је да преузме половину њеног бола, половину њене несреће, али то није било могуће. Могао је само да гледа како тоне, бесповратно тоне. Хана је тражила да буде стрпљив, говорила је да је исувише рано и да очекује оно што Ана не може да му пружи. А он је желео само њену присутност. То је било све! Зар је то много?

Постајао је очајан, а очајање га је водило у бес. На тренинзима је био груб, осоран, агресиван. Тренер му је неколико пута запретио суспензијом. Ништа није ишло како треба. Федоров свет се распадао пред његовим очима, а њему то није било битно.

Одгурнуо је такве мисли у најдаљи кутак мозга. Федор Томић није био кукавица! Федор Томић никада није одустајао, па зар сам то Ани није рекао? Такси се баш зауставио испред улаза у школу у тренутку кад је угледао Ану како излази из аутобуса. Сачекао је да га примети, а онда јој махнуо. Климнула му је главом и кренула ка њему. Срце му је поскочило од радости иако је видео да је била језиво мршава, а да јој је лице било испијено и без сјаја. Кад му је пришла, једноставно је загрлио и наслонио главу на њено теме, јер се Ана Јелић тачно уклапала у његов загрљај. Идеално.

— Хеј! — прошапута. — Тако се радујем што те видим. Спремна? — упита је одмичући се тек толико да је погледа у очи.

— Не, нисам спремна — рече — али морам да кренем од нечега.

— Први корак је увек најтежи — рече и ухвати је за руку.

Стегао јој је руку и климнуо јој главом. Пошли су ка улазу и осетио је како покушава да извуче шаку из његове.

— Немој — једноставно рече Феђа — не пуштај моју руку.

Ушли су у школу држећи се за руке. Ана је ишла поред Федора спуштене главе, али сигурна у његов додир, који јој је давао снагу која јој је недостајала. Федор је видео изненађене погледе, али није на то обраћао пажњу. Данас се коначно осећао добро и неће дозволити да му било ко одузме то што је осећао.

На степеништу су се срели са Миром. Погледала је у њихове испреплетане прсте и осмехнула се. Спустила је Ани руку на раме и стисла га, говорећи јој све што је било потребно тим једноставним гестом. Брзо је намигнула Феђи и прошла поред њих идући ка својој канцеларији.

Ствари су се коначно покренуле са мртве тачке. Није знао шта је Хана учинила да натера Ану да се тргне, али био јој је бескрајно захвалан за то. Није веровао да ће се Ана тргнути из стања у коме се налазила. Била је дубоко на дну понора и није је могао досегнути колико год да се трудио. А данас, ево је са њим, држи га за руку и корача кроз школу не обраћајући пажњу на знатижељне погледе. Срећом, никаквих коментара није било, нико није добацивао, као што је редовно био случај кад би нешто пореметило устаљеност догађаја, па је Федор поверовао да међу њима још увек има елементарне пристојности, да је свима било јасно да је ова девојка остала без мајке и да је не треба постављати ни под какве рефлекторе. Веровао је у то док се Сашка није појавила пред њима.

— Како јадно, Томићу! — подругљиво се насмејала. — Требало је да јој умре мајка како би успео да је смоташ. Мислила сам да си већи мушкарац — рече му, изазивајући га стаде испред њих и одмеравајући Федора.

Феђа је осетио како му се зацрнело пред очима, а бес је покуљао из њега. Једва се контролисао. Покушавао је да остане миран упркос таласима љутње који су га запљускивали.

— Сашка, помери се, молим те — зарежао је. — Нисам сигуран да могу контролисати своје поступке. Само иди!

Сашка се само презриво насмејала. У очима јој се видела завист и љубомора. Било је јасно шта је био повод овој тиради. Јер Сашка Влајић је умирала од љубоморе и то је свима било очигледно.

— А ти — погледа у Ану — ти си толико јадна да не видиш даље од свог носа. Па, кад вас овако погледам и пристајете једно другоме. Пар јадника — насмеја се Сашка прелазећи прстом од Федора на Ану. — Зар не? — упита окупљене.

Федор је закорачио према Сашки, међутим Ана га је повукла за руку, окрећући га према себи.

— Немој, пусти је — рече повлачећи га на другу страну. — Није вредна — рече и погледа у Сашку.

— А тебе то баш боли? То што нас двоје јадника баш пристајемо једно уз друго? — упита је, ни сама не верујући да је то изговорила. — Онда нема никаквих проблема, зар не? Или има? — рече јој Ана с пркосом у гласу, а зелене очи јој заблисташе.

Сашка је гурну и прође између ње и Федора, одлазећи ка кабинету биологије. Ана погледа у Федора који је још увек покушавао да поврати контролу. Био је на ивици. Никада у свом животу није повисио тон на жену. Никада. И био је уверен да никада и неће. Међутим, мало је недостајало да Сашку Влајић сравни са земљом. Био је на милиметар од тога и то га је потпуно престрашило.

Стајао је у холу затворених очију, претражујући своје срце. Осећања су се преливала попут дугиних боја. Одједном, била му је јасна Ханина визуализација и њено описивање осећања у бојама. Могао је кристално јасно да види да је потпуно неповратно и до саме своје сржи заљубљен у Ану Јелић.

— Хеј — рече му Ана, тргнувши га из заноса у којем се налазио, потпуно одсечен од света. — Идемо на час — погледа га, осмехну се и посегну за његовом руком како би је ухватила.

Федор је погледао у њихове руке, а затим је пустио, па је обгрлио десном руком, љубећи је у косу.

— Идемо, Ана Јелић, где год пожелиш!

* * *

Боје су светлеле око мене, преливале се и стапале, нисам могао да одредим нијансе. Тло је почело да подрхтава, светлост је улетела међу боје које су засијале... О, Боже! Лепота се просула пред мојим очима. Заслепела ме. Зачудила.

Кад сам отворио очи, боје су и даље биле ту. Мирне, постојане, једноставно непокретне у свом блистању. Знао сам. Тог момента сам знао да је то љубав. Једноставно сам знао. Ништа више око мене није постојало, ни Сашка, ни људска злоба, ни туга, ни жалост, ништа...

Држао сам Анину руку и схватио колико сам срећан човек. Колико сам близу ономе што се открива само реткима, посебнима — схватање да осећања имају своје боје. Свако понаособ, а да их љубав стопи у мноштво коме не можеш одредити ни почетак ни крај. Али знаш да је ту. Ту, свуда око тебе, у теби, обузима и умирује. Блажи.

Знао сам од првог дана да ће ме Ана променити. Да ће ме натерати да прођем кроз пакао да бих досегао звезде. Знао сам и несвесно сам на то пристао. Није ми жао. Шта год да нас чека на овом путу, никад ми неће бити жао.

* * *

Како знаш да си у рају, ако ниси дотакао најдубљи кутак пакла? Како да спознаш лепоту ако се ниси суочио са најружнијим у себи и око себе? Како да знаш да си чист, ако ниси прошао кроз муљ и блато искушења?

Највећа срећа на свету се мери највећим болом који нас до те среће доведе. Љубав може да чини чуда, јер је и сама чудо, то сви схватимо у једном тренутку, кад научимо да прихватимо све што јој претходи.

А претходе јој разочарања, патње, издаје. Претходи јој мрак како би се уселила светлост у нас. Да тај мрак осветли, да га обоји, да га поспе звездама.

А звезде? Звезде су ту с разлогом. Да нам покажу пут, да нам покажу где да се тражимо, ако једном, некад посустанемо.

- Ана -

Неки су дани били бољи од других, неки нису. Неке је ноћи провела гледајући кроз прозор, рвајући се са свеобузимајућом тугом, у некима је спавала као беба, тако да би се ујутро пробудила са огромним теретом кривице. Али, дани су се низали. Фебруар се примицао крају и у ваздуху се могло осетити пролеће. Дашак тек, али зима је била на крају. Напокон!

Трудила се да испуни дан, да нешто ради, јер кад год би остала сама са собом, празнина би се примакла из потаје и олако преузимала њено биће. Мучила ју је и млела. Колико год се Ана опирала, у једном тренутку би је савладала. Није могла више да зависи од других, да је надзиру, посматрају... било јој је потребно да стане на ноге, да се усправи сама, да се суочи са собом и сопственом слабошћу и учини нешто. Или пуковник или покојник!

Имала је потребу да гласно говори своју тугу и знала је да би је саслушали. Многи. Али се није усуђивала. „Да ли је заиста тако тешко пустити глас", питала се, „зашто ми је толико тешко да другима објасним себе, да им кажем шта ми је потребно? Да ли су све моје потребе и тежње недостижне само зато што су другачије од туђих? Да ли ја касним за светом или је свет уранио трчећи преда мном? Могу ли, напокон, рећи све што ме притиска свих ових година без страха да ћу нешто или некога изгубити? И могу ли уопште изгубити више од овога што сам изгубила?", питала се.

Одговора није било ни од куда. Посматрала је свој одраз у стаклу прозора кроз који је гледала како сунце полако тоне ка западу, остављајући црвени траг, као рану која крвари.

Огласио се телефон сигнализирајући приспелу поруку. Федорово име је писало на екрану који је засветлео.

Чекам те испред зграде. Обуци се топло! Желим нешто да ти покажем...

Спустила је телефон на сто. Није јој се излазило, па ипак, добро се осећала поред Феђе. Некако је успевао да неутралише, да упије део њене туге и учини јој овакве дане подношљивијим. Откуцала му је брзо поруку да силази и обукла свој омиљени џемпер, обула чизме, обмотала се шалом и обукла капут. Закључала је врата и кренула напоље.

Сачекао је пред зградом, насмејан. Плаве очи су правиле оштар контраст његовој угљеноцрној коси. Раширио је руке и она је утонула у његов загрљај, као у добро познати оклоп у коме се осећала сигурно и заштићено. Није јој више сметао његов додир, постао јој је близак, чак и неопходан. Често је то било једино што је гурало да преживи дан. Иако му то никада није рекла, знала је да Федор то зна.

Ани је била потребна сигурност, опипљиви ослонац и подршка. Било јој је потребно да јој неко покаже како да се прилагоди, како да јој тешке мисли, које је често потпуно паралишу, не буду кочнице, већ покретачи, да схвати да није за све одговорна, да постоје ситуације, тренуци који се никада не могу испланирати, које једноставно мора пустити да се догоде и да их преживи.

Федор јој је из дана у дан показивао да неке ствари и неке људе треба једноставно пустити. Као и речи и разговоре. Ако порука не стиже ономе коме је намењена, онда јој није време или није на нама да је пренесемо. Показивао јој је на малим стварима да блискост не познаје границе, ако је права и ако је потребна и да додир може и треба да буде лековит.

Кад ју је пустио из загрљаја и ухватио за руку, осетила се тако лаганом да је могла да полети. Кренули су улицом према Кошутњаку. Снег се отопио, остављајући голо дрвеће и сиве фасаде. Дан је полако одмицао као уморни путник. Мирисало је на влагу и даљине.

Кад су стигли до ски-стазе, сунце је већ било утонуло у хоризонт, тамо негде иза Новог Београда. Феђа је сео на дрвену клупу, показујући Ани да седне поред њега. Седели су тако једно поред другог, трошећи ћутање и уживајући у тишини која им је запосела зенице. Држао ју је за руку гледајући у даљину.

— Шта си хтео да ми покажеш? — упита га Ана, прекидајући тишину.

— Ово — рече не гледајући је — како је лако с тобом делити тишину, како је лако с тобом пронаћи мир — окренувши се ка њој, рече, сада гледајући је у очи.

— Где год да се налазим, нешто ме вуче тамо где си ти и нисам у стању себи да објасним... — заћута. — Бојим се да не погрешим, Ана, бојим се да ћу рећи нешто што ће те уплашити, да све оно што желим с тобом за тебе не буде превише...

Ћутао је и гледао је с очекивањем у очима. Ана није знала шта да каже. За Ану су речи биле као од камена, тешко су се откидале и још теже проналазиле прави пут. Њене наде, од којих се толико бранила, њени снови, које сад тек први пут у животу назире — све је то било на њеном длану, спремно да се да Федору, али Ана није знала како. Зато је ћутала, гледајући у тло, покривено трулим лишћем и расквашеном земљом. Толико је дуго сумњала у све, толико дуго јој је ум био мучен преиспитивањима, дилемама, несигурностима да све што му је сада желела рећи готово да би постало обећање.

Окренула се ка њему и погледала га. Ухватила га је за руке и спустила поглед ка њиховим испреплетеним прстима, гледајући их дуго и фокусирано. А онда је подигла руку и склонила му прамен косе са чела. Додир је био лаган, као додир лептировог крила у пролећној ноћи.

— Погледај — рече му, подижући поглед у небо — звезде! Подигнеш руку и имаш утисак да их можеш дотаћи. А не можеш — уђута. — Да ли те то спречава да покушаваш? Не, Феђа, човек је тај који сам себе спутава. Сад ми је то јасно — рече. — Требало је да досегнем рубове пакла да схватим да је човек сам себи највећи непријатељ и у исто време најбољи пријатељ. Па како одлучиш да посматраш ствари, тако ће бити. Оно што ја знам и што ме је живот до сада научио јесте да можеш да одустанеш и можеш да се бориш. Избор је једноставан. Била сам посустала и била сам спремна да се предам, али ми ти ниси дозволио. Хана и ти. И на томе ћу вам вечно бити захвална. Учим се, Феђа, да ходам међу људима! — рече, гледајући га у очи док се мрак спуштао око њих. — И на том путу ћу грешити, вероватно ћу некога и повредити иако то нећу желети, и изговорићу оно што би требало да прећутим, а прећутаћу оно што треба да наглас кажем... Али то сам ја и ту крај мене си ти — спусти му шаку на образ — да ми покажеш, да ме поведеш, да ме научиш како да верујем — глас јој утихну.

Упркос мраку, који их је покрио, Федор је видео како јој сузе блистају у очима и осетио је како му се срце пење до грла, стежући га и остављајући га без даха. Лагано је спустио главу ка њој и тек овлаш додирнуо уснама њене. То није био пољубац, то је била нит месечине која је пала између њих повезујући их нераскидиво.

— Шта ми ово радимо? — упита га тихо.

— Живимо, Ана — одговори Феђа, стежући је у загрљај.

* * *

Кад се све звезде на небу попале, пролети кроз нас дрхтај од њихове даљине, бледог сјаја који капље као месечина по нама. Пружиш руку и ту си, огрнут звезданим небом, бескрајним пространством тишине. И не да ти се да пустиш. Држиш га у оку дуго, дуго... док се светлост не примакне и поведе те у непознато.

Трепнеш и све је нестало. Тек тако. Лако као паучина, као срма...

Кад су ме дотакле Федорове усне, на моје је срце пала месечина, нит тако танка и лака да је готово нисам осетила. Мало је фалило да ми промакне, да је не ухватим, да не сазнам.

Кад су ме дотакле Федорове усне, небо је закевало, па се отворило и пустило ме да видим бескрај. Моја је чежња потекла као планинска река, силно, силно хучећи!

Кад су ме дотакле Федорове усне, схватила сам колико још у мени живота има, колико је још тога за шта се вреди борити, за шта вреди живети, за шта вреди трајати.

Кад се звезде на небу попале, осветле ти срце и знаш шта ти је чинити. Удахнеш, отвориш срце и запливаш кроз љубав.

*Ходам по жици са
повезом преко очију и
картом у једном правцу
у руци*

Говорили смо још и о неутралности и духовној неодлучности омладине, о њеној слободи избора, њеној склоности да прави опите са свим могућим гледиштима, и о томе како те опите не смемо и не треба да сматрамо као дефинитиван и за живот одлучујући избор.

Чаробни брег, Томас Ман

- Федор -

Пролеће је увелико освајало Београд. Појавило се тек тако једно јутро и обасјало улице, зграде, пролазнике. Поветарац је унео радост међу људе, готово неприметно, скидајући им умор са лица и развејавајући им бригу из мисли. Макар привремено. Било је лако осетити га. Кад ујутро отвориш очи, осетиш радост и знаш да си прегурао још један дан.

Светлост се ширила испуњавајући све, па и најмање пукотине у Федоровој свакодневици. И чинило му је дане лакшим и лепшим. Кад је недостајало светлости, недостајало му је животне радости, а Федор је коначно дисао пуним плућима. Држао је Анину руку и био је срећан. Огледао се у њеним зеленим очима и свакога дана сазнавао по једну нову ствар о себи. Знао је сада шта значи ослонити се на неког и бити нечији ослонац; шта значи дати целог себе да би спознао другог и шта значи када се туга подели како би се лакше поднела. Све је то научио последњих месеци уз Ану и са Аном. И био је срећан. Био је заљубљен и мислио је да је цео свет његов.

Устао је и кренуо у кухињу да доручкује. За столом у кухињи су седели његови родитељи, свако у свом свету. Отац је читао новине, мајка је гледала у телефон, планирајући свој дан или уређујући дан неком од својих подређених. Типично јутро у кући Томића.

— Добро јутро, народе — рече им, улазећи у кухињу да укључи тостер и исцеди поморанџу.

— Добро јутро — рече му отац и спусти новине. Феђа се изненади пажњом коју је добио. То је било врло неочекивано.

— Има ли каквих вести из Америке? — упита, гледајући га помно.

— Нема, ништа није стигло. Ко зна да ли ће уопште стићи — рече.

— Шта би то требало да значи? — упита га отац подозриво.

— Ништа не би требало да значи — оштрије рече Федор — само ти кажем да ништа није стигло. То је све. Уосталом, ради се о мојој будућности и мојој одлуци. Какве везе имаш ти са тим? — упита га, изнервиран очевим надменим држањем.

— Понашај се пристојно кад разговараш с оцем — додаде мајка, не скидајући поглед с телефона.

— Иначе, шта? — брецну се Федор.

— Нема потребе за таквим ставом, Федоре — изговори отац, устајући од стола за којим је до мало пре седео — мислим да смо се одавно договорили шта треба да урадиш са својим животом. Ти добро знаш шта се од тебе очекује — рече му и прође поред њега, идући ка излазним вратима.

Разговор је био завршен. Велика кнедла неизговорених речи давила је Федора. Наметнута очекивања су му се смејала у лице, а он није умео да им се супротстави. Беспоговорно прихватање туђих одлука и жеља свих ових година, вратило му се сада као бумеранг.

Федор више није био толико сигуран да ли жели да иде у Америку. Сви његови планови, у које је уложио толико воље и труда, сад више нису били тако примамљиви. Да ли је уопште он желео студије на престижном факултету, кошаркашку каријеру? Да ли су то стварно биле његове жеље или је само убедио себе да је оно што је његов отац желео било оно што Федор жели? Полако је нестајао у облацима сумњи које су га разједале, које су га давиле као невидљива омча. Оно у шта је био сигуран јесте да је желео да сачува танану везу коју је тек успоставио са Аном. Одједном, сви његови планови морали су укључивати и њу. А та два дела његовог живота је било тешко повезати. У ствари било је то немогуће. И Федор зато није о томе ни размишљао. Чекао је да се ствари догоде да би на њих мислио и знао шта му је чинити.

И тек тако, дан више није био тако сјајан и лепршав какав је био до пре који тренутак. Попио је сок, одуставши од тоста и отишао у своју собу да се спреми за школу. До краја школе је остало још неколико недеља, тачније две, а онда ће почети лудило са матурским испитима. Све мање је било времена за суочавање са стварношћу, за доношење одлука којих се Федор ужасно бојао. Ана је покушавала да са њим разговара о пријавама за факултет, али је Федор такве разговоре вешто избегавао, увек их остављајући за неки други пут. Бојао се да ће га тај други пут скупо коштати, али плашио се и страх је било лак изговор.

Кад је стигао у школу, Ана је већ седела на свом месту. Пришао јој је и овлаш је пољубио, седајући поред ње. Из првих клупа је до њих стигао покоји звиждук, а Мрки би шаком ударио у клупу сваки пут кад би видео Феђин и Анин пољубац. Био је то његов начин да покаже да је срећан због Феђе. И Федор је то знао. Мрки је био добар друг, луцкаст и незрео, размажен и често бахат, али је био одан и искрен и Феђа га је због тога изузетно ценио.

— Зашто то мораш сваки пут да урадиш пред свима? — упита га Ана с нелагодношћу у гласу.

— ТО је пољубац, лепотице, а морам да те пољубим сваки пут јер то желим и није ме брига што ће о томе било ко помислити — рече јој осмехујући се и склањајући јој косу с лица.

— Лудаче! — рече му с осмехом, одмахујући главом.

Био је то један од оних бољих дана, Федор је то знао по њеном осмеху и њеном опуштеном држању. Јер било је оних не тако добрих дана кад би се Ана затворила, кад би била далека и хладна, кад би постала нека друга, нека туђа. И са таквим су се данима носили заједно, јер Федор је уз Ану научио да буде стрпљив и да се прилагођава. И није увек било лако.

„Добре ствари у животу нису лаке”, говорила би му Мира кад би отишао код ње у таквим данима, јер Федор је желео да помогне Ани, али понекад једноставно није умео. Срећом, такви дани су бивали све ређи и Феђа је због тога осећао огромно олакшање.

Пети час су имали физику и разредна је ушла ненајављено, извињавајући се професорки Милени:

— Извини, Милена, само да мојим генијалцима кажем да се после седмог часа нацртају у мом кабинету — рече уз осмех, махну им и изађе из учионице.

Никоме није било јасно зашто их позива. Мрки је негодовао.

— Нећу, бре, да остајем ни минут дуже у школи! — викну је. — Ова ми школа исцеди живот из вена, умрећу млад и зелен овде — рече тугаљиво.

Одељењем се проломи смех.

— Ћути, морону — лупи га Сале шаком по потиљку — позеленећеш кад ти будем објаснио шта треба да радиш, а умрећеш на другом месту, то ти ја гарантујем — рече му смејући се.

Како се школовању ближио крај, тако су људи постајали опуштенији, добре воље је било на сваком кораку. Феђа се често питао шта је спречавало ове људе да буду другачији свих ових година. И где је одједном нестала та горчина коју су редовно сипали једни другима у лице. Зар није било лакше овако?

* * *

Кад су ушли у кабинет историје, разредна је већ била за катедром. Сачекала је да сви седну и да се жамор смири.

— Окупила сам вас да вам дам основне информације о пријавама за матурске испите — рече. — Ето, стигли смо до краја, иако се неки томе нису надали — рече смејући се и гледајући Мрког. — Је л' тако, Мрковићу? — упита га.

— Тако је, разредна, тако је. Ја и даље често питам Феђу која смо година — рече гледајући у Федора и смех се просу кроз одељење — ни сам не верујем кад ми каже да смо матуранти. А и није више тако поуздан, кад Вам кажем... — настави. — Откад је добио узде, ни он често не зна где смо, па сад морам да питам и остале. Можда ви знате? Је л' то сад сигурно?— сад су се сви грохотом смејали.

— Знам, Мрковићу, сигурно је! — рече разредна.

— Мрки, разредна, молим Вас. Сад је већ време да завршимо са формалностима, зар не? — насмеја се Мрки, гледајући је с љубављу.

Разредну су сви волели, јер је била посвећена, добронамерна и правична. Федору ће много недостајати кад једном оде. Кад се само сети јануара и колико им је значила у тим данима... никада јој се неће моћи одужити. Та је жена била велики човек. То је поуздано знао и био је поносан што је био њен ђак.

Погледао је у Ану и насмејао се.

— Узде, а? — рече јој шеретски.

— Не знам ја о чему причаш. Мрком фале многе даске у глави, а ја немам коња колико знам... — прихвати шалу, гледајући га весело.

— Верујем да сте већ сви одлучили шта ћете студирати — озбиљно рече Тамара Јовић — од вас очекујем да будете најбољи — говорила је прелазећи погледом по лицима својих ученика.

— Лазаре, Факултет политичких наука, претпостављам? — упита Лазара Павловића.

— Тако је, разредна, Политиколошки смер — рече важно — ја ћу вас заступати у скупштини једног дана и борити се да имате већу пензију — рече јој смејући се.

— О, Павловићу, ти би мене у пензију послао? Сачекаћеш још мало, али драго ми је да ћеш ми обезбедити боље услове за живот у старости — рече, намигујући му.

— Федоре, Америка? Стенфорд? Беркли? Учини нас поноснима, молим те! — рече му.

— Видећемо — замуца Федор — ништа још није сигурно — додаде брзо, погледавши Ану испод ока.

Ана му ухвати поглед и благо му се насмејала, стежући му руку. Схватао је из њеног погледа да га пушта да иде, да је знала колико се мучи са одлукама и да нема потребе да то чини и нелагодност га је у тренутку обузела. Морао је да нађе начин да не одустане од својих снова, а да не изгуби љубав Ане Јелић. Морао је, а све више му је бивало јасно да то неће бити баш лако.

— Ако неко може да пронађе начин, онда си то ти, Томићу. И ја верујем у тебе, младићу, верујем да ћеш успети да оствариш своје снове — рече му разредна — јер знам кроз шта си све морао да прођеш да би био овде где јеси, да би имао прилику коју имаш. Немој је одбацивати лако — рече му, читајући га као отворену књигу.

Погледао је у клупу у којој је седео и осетио како се сва врата наједном пред њим затварају, како се сва светла гасе и он остаје сам у мраку, чекајући да се догоди чудо.

* * *

Како да знам, како да одлучим, како да иза своје одлуке стојим ако сам свестан да један сан који остварим уништава други који живим? Који је вреднији? Који ми више значи? Не знам. Нисам спреман да откријем, не желим.

Потребно ми је чудо. А чуда се не дешавају. Не дешавају се двапут. Полако се гасе светла која сам тако јако желео да заувек сијају. Пригушује се њихов сјај и због тога патим. Патим, а не умем да гласно кажем своју тугу. Не могу. Јер ако је изговорим, постаће стварност, постаће присутна и нећу моћи да више затварам очи.

Желим да овај мир у којем сам вечно траје. Да ме греје топлина њеног тела, познате кривине њене руке кад ми се наслони на раме, да ме сакрију од свега што је изван ње, изван нас.

Како да јој кажем збогом кад сам је тек пронашао, кад сам тек научио да дишем, да гледам кроз њене очи, кад сам тек научио да сањам. Да сањам и да се пустим. Да плутам кроз дан као кроз најмирнију воду, најбистрију воду.

Обриси њеног лика стражаре пред мојом свести, чувају моје мисли. Лака као сан, склизне ми у срце, склупча се и постане његов део само једним откуцајем, једним дахом.

Зар не би био злочин пустити је да иде, сад кад је тек пронашла пут до мене?

- Ана -

Ана је видела колико му је тешко. Желела је да са њим разговара о одласку на факултет, али је он увек мењао тему и одлагао тај разговор. Знала је да је време дошло да се та мачка истера из џака. Није јој било драго што ће га приморати на тај разговор, али он је морао да зна.

Ана је волела Федора. Иако му то није рекла, знао је он то. Пустила га је да буде део њеног света, дозволила му је да је види у најрањивијем стању, разбијену на хиљаду комадића. И шта је он урадио? Покупио је све комадиће и саставио их поново својом стрпљивошћу, својом трпељивошћу, својом љубављу. Само због њега је она данас овде и у стању да се поново смеје. Пружио јој је руку кад јој је било најпотребније и она му је поклонила своје поверење. Никада због тога није зажалила.

Кад се час са разредном завршио, изашли су из учионице лагано ходајући једно поред другог у тишини. Крај њих су промицали насмејани матуранти, уморни професори, али Федор и Ана су били у свом свету, наслоњени једно на друго, недостижно далеки за све што се дешавало око њих.

Изашли су из школе у сунцем окупан, готово летњи дан. Мирисало је на магнолије и меланхолија се ширила ваздухом.

— Хајдемо до парка — рече му Ана, хватајући га за руку и гледајући га у очи — да искористимо мало ово сунце да растера депресију. Знаш да кажу да је депресија последица мањка светлости око нас и у нама — благо му рече.

— Идемо где год пожелиш, Ана Јелић. То сам ти рекао милион пута — рече и кренуше улицом ка Топчидерском парку.

Ходали су без речи, држећи се за руке и уживали у блискости коју су делили. Све је било тако лако кад су били заједно и Ана је осећала да мора да научи како да га пусти а да то не уништи њен свет. Ушли су у парк и сели на омиљену клупу испод брезе која се белела на мајском сунцу.

— Шта те мучи, Феђа? — упита га Ана. — И немој ми рећи да није ништа. Причај са мном, молим те — рече му тихо.

— Не мучи ме ништа и све ме мучи — уздахну, гледајући у даљину. — Очекујем одговоре из Америке ових дана — рече и ућута.

— Знам — рече Ана наслањајући се на његово раме — и видим колико ти је то тешко. Зашто, Феђа? Па то је оно што си одувек желео — рече.

— Јесте, то сам одувек желео, иако се сад преиспитујем да ли су то баш биле моје жеље. Нисам сигуран да ли то још увек желим.

— То није истина, Федоре Томићу! — оштрије рече Ана. — Тражиш изговоре, а ја ти нећу дозволити да од нас правиш изговоре, јер ми нисмо изговор ни за шта.

— Не знам зашто водимо овај разговор — рече изнервирано. — Нисам добио никакво обавештење. Можда ме и нису примили.

— Свеједно је да ли су те примили или не — рече Ана. — Не ради се овде само о одласку у Америку! Желим да знаш да ја никада нећу стајати на путу твојим сновима. Никад. И не треба да се осећаш лоше због тога што нешто желиш, Феђа! И никада не треба да се правдаш било коме зато што можеш више и боље од других. Никада — рече му узбуђено.

Федор је и даље гледао негде у даљину. Изгледао је уморно, као да на леђима носи све проблеме овог света. Ана је осетила како јој се срце стеже.

— Погледај ме — рече му Ана. — Ја те познајем, Федоре, боље од других. Ја знам на шта је све спремно то огромно срце које кријеш у грудима и нећу ти дозволити да учиниш било шта од лудорија које ти овог тренутка пролазе кроз главу. Отићи ћеш у Америку и постаћеш оно за шта си рођен да будеш. Па шта год то било! То сад не знамо ни ти ни ја! Отићи ћеш не зато што ја то од тебе тражим, већ зато што је то једини начин да не изгубиш себе. Ако ти изгубиш себе, Феђа, бићеш изгубљен и за мене. Како ћу те онда пронаћи? — изговори и загрли га најјаче што је умела, нудећи му сву снагу коју је имала. Знала је да му је потребна за одлуке које мора да донесе, а донеће их за обоје.

— Шта ће онда бити са нама? — упита је, не пуштајући је из загрљаја.

— Ко то зна? — рече му Ана. — Јеси ли могао да претпоставиш у октобру да ћемо седети овде у парку у мају загрљени? Ниси. Ниси ни сањао, јер је било немогуће. И сада посматрај ствари на тај начин. Све нам је сада суморно, далеко и немогуће, је л' да? — упита га Ана. Феђа јој климну.

— Не мора да значи да ће бити. Пусти, Феђа, да се ствари дешавају. Не можемо живети са уверењем да је све унапред предодређено и да се ништа не може променити, ја не желим да верујем у то. Све што треба да се деси, десиће се. Ако се није десило, значи да нисмо били спремни да се деси или није било време да се деси. Или ће се десити неки други пут, у неко друго, боље, право време — рече му Ана, осмехујући се и мазећи му образ својом малом руком.

— Пусти тешке мисли и буди са мном овде и сада. Уживај са мном у овом тренутку и не мисли шта би све могло да се догоди сутра. Свет неће стати ни због тебе ни због мене, то је тако. Кад се вратиш из Америке — значајно га погледа — ако се вратиш, можда ћемо се срести, можда нећемо, али то не значи да нисмо проживели све ово што јесмо. То не значи да ме ниси волео и да те нисам волела. Не, Феђа, то значи да смо се волели толико да је било важно пустити оног другог да буде срећан. И то је све, то је толико једноставно.

Седели су на клупи још дуго, све док се вече није спустило капљући с крошања дрвећа. Цврчци су свирали најлепшу песму, најављујући лето. Звезде су се палиле, откривајући сав бескрај над њима. Било је довољно само испружити руку и запливати Млечним путем у вечност. Ани се чинило да је те вечери седећи у Топчидерском парку испод најзвезданијег неба које је икад видела, у наручју човека којег је волела, схватила шта је срећа. И грчевито се за њу држала последњим атомима снаге, верујући да Бог, којег није знала, за њу има неки већи план.

* * *

Колико је тешко пустити оног којег волиш да оде. Још теже га је пустити да оде док је још ту, у твом загрљају, испод твоје руке, у твом оку.

Пустила сам Фећу да иде. Пустила сам га да иде, упркос болу који осећам на сваком милиметру своје коже, упркос овом гласу који ми непрестано говори да га не пуштам, да га за себе вежем ланцима, јер ако оде, нећу преживети. Пустила сам га. Морам.

Кад неког волиш, пустиш га да иде. Да тражи своју срећу, да покаже свима колико уме и зна, колико је велик и широк његов свет. А Фећин је свет превелик, преширок за моју малу стварност, за мој свет који тек сад учи да се отвара, да сања, да испитује своје границе.

Не могу да живим са сазнањем да је ту поред мене, а да му је душа далеко, тражећи своје неостварене снове. То би међу нама отворило јаз који се никада више не би затворио. Постајао би све већи и већи и већи... док нас не би одвојио толико да више не бисмо видели једно друго, а седимо заједно, дишемо исти ваздух, делимо исти простор. Никада то не бих могла, јер то нисам ја.

Ја сам она која се боји, која се затвара, која тоне... Он је онај који неустрашиво хрли напред, који раскива окове, који лети и подиже у ваздух све око себе — и ствари и људе. Јер то је Федор — неухватљива сила, стихија, која полако осваја сваки део човека. И док се окренеш, ту је, у теби, постоји, траје, нераскидиво траје с тобом.

Ова која сам данас постоји само због Федора и за Федора. Зато га пуштам да иде, данас, овога часа. Кад отворим очи, већ ће бити далеко и ја ћу бити срећна због њега. Јер ће он бити срећан.

То је љубав. То је предавање. То је живот. Мој живот.

- Федор -

Матурски испити су дошли и прошли, еуфорија се полако стишавала. Ужурбаност се уселила у ходнике школе. Време је једноставно пребрзо пролазило. Као да се свет убрзао, дани су му постали кратки.

Последњи дан маја је закорачио у град, шепурећи се сјајем готово летњег сунца. Зеленило је сакрило умор пренатрпаних улица. Непрекидно зујање инсеката губило се у одјецима дечјих игара и врисака. Лето је долазило и није му се било могуће одупрети.

Федор је стајао на тераси својег стана и гледао у даљину. Кроз врелину ваздуха титрале су слике удаљених брда. У руци је држао велику коверту са логом Берклија у горњем десном углу. Знао је шта то значи. Коверта још увек није била отворена. Држао ју је у руци као пресуду која ће одредити којим ће смером кренути његов живот, како ће изгледати његов свет који сада зависи од одлуке која је за њега донета.

Федор је још једном погледао коверту, а затим је ножем за писма отворио коверат и извадио садржај. У руци му је било писмо у којем га са задовољством обавештавају да је примљен на студије хуманистичких наука на Универзитету Калифорније Беркли.

Није умео да одреди како се осећа. Запљускивали су га наизменично таласи неописиве среће и неописиве туге и зато је само стајао и посматрао писмо у руци, без икакве видљиве реакције. Родитељи ће бити одушевљени. Ана ће бити срећна због њега, то је знао. Али како се осећао он?

Како се уопште осећа човек који у руци држи кључ којим се отвара кутија у којој су чувани његови снови? Да ли је требало да скаче од среће, да подели своју радост? Федор то није умео да каже, јер није умео да се одреди према догађају у којем је био протагонист. Сео је на плетену столицу, затворио очи и пустио да га светлост покрије умирујућом топлином. Осетио се тако усамљен. Кроз главу су му пролазиле слике пређашњих догађаја, све неизговорене речи које су стајале у грлу, као оптужбе, сви осећаји које није умео да вербализује, сва очекивања која је испунио, а није морао, јер му нису била важна, јер су била важна другима.

Почињао је да схвата чињеницу да је у тренуцима највеће туге, али и у тренуцима највеће среће човек неоспорно потпуно сам. Остављен да се суочи са собом, са осећањима, са смислом и бесмислом, са одлукама, и да то учини како год уме и зна без помоћи других. Федор је сад јасно увидео да је то тренутак у коме свако од нас спозна своје границе — колико може да поднесе и радости и туге.

Могао је да одустане. Не би био ни први ни последњи. Лако би било пронаћи изговоре, знао је то. Могао би се лако оправдати пред свима. Био би обасут критикама неко време, а онда би се све стишало, јер људи имају кратко памћење. Заборавља се лако оно што нам се не допада, оно што нас тишти, неуспеси, посртања. Такве догађаје време прво искриви, улепшавајући их, додајући им неку патину оправдавања, а потом их потпуно избрише. Као да никада нису ни постојали, као да се нису ни догодили. То је могао Федор да уради. То би било једноставно.

Федор Томић је знао да је најлакше одустати. То може баш свако. Колико је пута то рекао Ани у њеним најмрачнијим данима, тражећи од ње да се ухвати за то и настави да се бори? Колико пута му је Мира рекла да су најбоље ствари у животу оне до којих долазиш најтежим путем и да оно што је лако нема велику важност за нашу суштину, за оно што нас одређује и покреће? Знао је тачан одговор на свако од тих питања.

Било му је јасно да одустајање није опција. Да мора да се суочи са собом и крене да осваја свој живот користећи се снагом сопствене воље. Да мора да прихвати да одлуке које донесе морају бити само његове и да ће са последицама тих одлука, па какве год биле, морати да живи.

Отворио је очи, пустио светлост да уђе у његово срце, а затим устао са столице и закорачио у сопствени живот.

* * *

Трнем. Осећам како ми тело трне, кочи се. Не могу да удахнем ни да закорачим. Страх ме је савладао. Коначно. Затварам очи и фокусирам се на дисање. Удах. Издах. Поново. Изнова. Трнци полако попуштају, страх се повлачи.

Седим на сунцу које ме лечи. Додирујем своје тело непостојећим рукама да се само уверим да сам још увек ту. Не разликујем тренутно јаву и сан. Све се измешало, стопило, слило у једну тачку која пулсира.

Одлуке су донесене давно, откуд сад ова слабост, ово пуцање по шавовима? Чега се бојим? Јер ово је страх, онај паралишући. Могу да лажем друге, али не и себе. Тачно знам укус страха. Јасно га сад осећам на језику.

Шта је то што ми не да мира, што ми не да да се радујем успеху? Страх да ћу можда ипак бити срећан? Страх да ћу отићи и да ће заборав покрити моје стопе, да ће у Аниним очима згаснути мој лик, а у срце јој се уселити неко други?

Шта ако ја заборавим њу? Шта ако мене поведу светла, нови људи, нове боје? Шта ако је све ово само слика коју сам толико желео да сачувам, да се од толике жеље сад ломи у парампарчад, као моје срце? Јер срце ми се ломи, то осећам. Осећам сваку пукотину која се отворила последњих дана. Свака од њих ме боли и ломи и гуши...

Не могу да се предам. Не могу да издам ни себе ни њу. Морам да се суочим с могућношћу да ћу бити срећан и да се надам да ће она бити подједнако срећна. Да ће ови мостови у нама потрајати, да ће их ојачати време које нам предстоји. Да ће стајати и трајати.

За нас. Због нас.

Ми долазимо из таме и одлазимо у таму. Између та два тренутка леже доживљаји, али ми не доживљујемо ни почетак ни крај, ни рођење ни смрт, они немају ничег субјективног, и спадају у категорију објективних збивања. Тако ствар стоји.

Чаробни брег, Томас Ман

Јун, 2013.

Седела је на малој клупи, коју су Феђа и она направили уз мајчин гроб. На једноставном надгробном споменику од црног мермера била су урезана слова мајчиног имена изнад којих је била њена фотографија. Ану је посматрала лепа, млада насмејана жена каква је њена мајка једном била. Једном. У неком готово непостојећем времену, бар се Ани тако чинило.

Ана је ретко долазила. Не зато што је била љута или заузета, већ зато што је за Ану то било тешко. Много тешко. Долазак би је суочио са сваким појединачним губитком у свом, ускоро деветнаестогодишњем животу. А Ана је знала да са губицима није завршила још увек.

Данас је осетила потребу да дође и каже мајци све оно што јој је стајало у грлу као чвор који је чекао прави тренутак да се развеже, да отпусти конопце и дозволи Ани да га ишчупа. Гледала је у мајчину слику, несвесно подижући руку да је дотакне.

— Дошла сам, мама — рече тихо.

Јутро је било светло, небо без облака, врућина је хватала залет, спремајући се да покори град. Благи поветарац је мрсио Анину дугу косу, подижући је тако да је изгледала као да се налази у бестежинском простору. На гробљу није било људи, тишина је покрила гробове, нудећи им одмор од свеприсутне жалости живих који су свакодневно долазили тражећи утеху. Или опрост. Или покајање. Пошто нису могли било шта више да им да дају, без престанка су тражили. Одговор је увек била тишина. Само тишина.

— Жао ми је што не долазим чешће. Једноставно не могу. Тешко ми је да разговарам са тобом, одувек је било тешко. Некако нас је туга раздвојила. Кад је тата отишао — заћута на тренутак, гледајући у гране врба како се повијају, шумећи, као да туже — ти си се затворила у свој свет, а ја у свој и нисмо успеле да пронађемо пут једна до друге. Животи су нам се у том тренутку размимоишли у тишини, јер је било лакше тако. А тишина је затим остала. Трајно. Као да нисмо умеле да је обуздамо, па је она обуздала нас — настави Ана. — Али нисам дошла да те оптужујем, ни да се правдам. Завршила сам гимназију — једноставно рече — сутра идем на пријемни за факултет. Дуго сам се двоумила шта је то што желим у животу. Сећаш ли се да сам увек говорила, кад сам била мала, да ћу бити учитељица — насмеја се благо и са сетом — јер ће ме деца волети, а ја ћу им показати како да буду добри? Нисам више сигурна, мама, да је било ко на овом свету у стању да буде добар. Или да безусловно воли. Не верујем ни да људи умеју да буду вољени, а да их то не престрави, да их то не промени... Сви смо превише окренути себи, као да смо сами на овом свету, а нисмо... Не сналазимо се једни са другима, не чујемо се и бојим се да је то неповратни процес. Живимо свако унутар себе и света који је за себе створио како би му било лакше и оптужујемо друге како нас не разумеју. И тако укруг док не престанемо да маримо и сва људскост не нестане — Ана уздахну и помери се, ослањајући се длановима на клупу и испружи ноге, укрштајући их.

— Феђа је примљен на Беркли — изненада рече, скрећући ток мисли — и не умем да ти кажем како се због тога осећам. С једне стране сам толико срећна, јер, мама, он је човек који заслужује да свету покаже своје квалитете којих има толико...

Памет, осећајност, емпатију. Он је способан за велике ствари и сам то зна, али му је тешко да себи то призна. Боји се да ће му се снови остварити... Са друге стране — настави тише — бескрајно сам тужна. Опет ме оставља неко ко ми је све на свету — удахну Ана. — Верујем да се велике ствари дешавају с разлогом уз много бола. Знам да свет неће стати кад оде... Говори ми како ћемо успети да победимо даљину, да ће нас раздвојеност ојачати. Знам да жели да верује у то, али ја то не желим. Желим да живи пуним плућима, желим да искуси све оне ствари о којима је маштао као клинац без осећаја обавезе или кривице. Уосталом, то желим и за себе. Нећу да седим и чекам, јер живот неће чекати ни њега ни мене. Ако се врати, ако се сретнемо, знаћемо да ли је време за нас било благослов или казна и знаћемо којим путем треба да идемо — заврши Ана.

У даљини се назирало јато птица које је одлазило некуд. Зујање је настављало своју мелодију, шуштање лишћа је покрило земљу зеленилом, доносећи Ани мир. Затворила је очи и пустила да је обузме. Прихватање живота онаквим какав јесте, безразложно неухватљив тренутак у времену, одблесак лепоте коју само ретки виде, учинило је да Ана у том тренутку осети да лебди изнад својих очекивања и надања, спремна да прихвати све што јој је у сусрет долазило.

— Идем, мама. Доћи ћу опет — рече, наслањајући длан на мермер, топао од летњег сунца.

* * *

Следећег јутра је истрчала из зграде Филолошког факултета, насмејана. Улетела је у Феђин загрљај, као у мирну луку. Остала је тако неколико тренутака, ушушкана у сигурност и љубав, а онда подигла поглед ка његовим плавим очима и у њима угледала свој лик, уоквирен његовим дужицама.

— Идемо, Томићу — насмејано му рече — шта буде биће!

— Биће оно што мора да се догоди, професорка! — рече јој весело је задиркујући.

Ко није у стању да се за идеју заложи свом својом личношћу, својом мишицом и својом крвљу, тај није ње достојан; у питању је да човек, поред своје одуховљености, остане човек.

Чаробни брег, Томас Ман

Август, 2013.

- Федор -

Авион је дотакао писту и Фећу је реалност ударила као брзи воз. То је то. Стигао је. Неизвесност му је брујала у ушима, али се Фећа трудио да обузда нелагоду. Ово је тренутак за који се у мислима припремао месецима уназад и неће поклекнути сад. Неће.

Устао је са свог места и извадио свој ручни пртљаг из касете изнад места на коме је седео. Мирно је кренуо између седишта ка излазу. Кад су се врата авиона отворила, врели ваздух је неочекивано извукао нелагоду из Федора и он се лагано насмешио. Спустио се степеницама ка аутобусу који је чекао путнике и у неколико корака се нашао у њему. Затворио је очи.

У мисли му је очекивано ушетала Ана. Видео је како стоји на великом прозору аеродрома, машући му док је прилазио авиону. Широко му се осмехивала дајући му снагу за оно што га је очекивало. Сетио се њиховог последњег разговора, ноћ пред полазак, док су седели на ски-стази, на клупи на којој ју је први пут пољубио.

— Желим да ми обећаш нешто — рекла му је, трудећи се да буде храбра.

— Шта год желиш — рекао је Фећа лако иако је тачно знао шта ће му рећи.

— Кад одеш, пустићеш све — гледала га је у очи — све, Фећа! Нећеш ми писати, нећеш ме звати...

— Али — побуни се Федор.

— Нећеш ми писати и нећеш ме звати — понови стрпљивим гласом — јер ти нећу одговорити и нећу ти се јавити. Обоје морамо да наставимо свој живот без кривице, без осуде, без очекивања од оног другог. Наши су се животи дотакли у најтежем тренутку за мене и то ме је променило на најбољи могући начин. Али сад свако од нас има свој пут и наши се путеви размимоилазе. То не значи да се у једном тренутку поново неће дотаћи — рече му с блеском у очима.

— Ана, то што тражиш је за мене немогуће — рече тихо.

— Није, Фећа, само ти сад тако изгледа. Еј, човече, Беркли... знаш ли колико је мало људи који имају ту прилику коју имаш ти! Време ће ти показати да сам у праву. Видећеш! — рекла му је и пољубила га, утискујући се у његово биће заувек, као жиг, као тетоважа.

Из мисли га је пренула ужурбаност на аеродрому у Оукленду. Требало је покупити пртљаг, а онда пронаћи и такси који ће га одвести до кампуса. Узбуђење га је преузело и Федор је кренуо по пртљаг, а затим у све што му је живот припремио.

* * *

Касније те вечери, седећи у својој соби у студентском дому и гледајући кроз прозор ка Канингем Холу, отворио је свој лаптоп и, упркос обећању које је дао, започео имејл.

Драга моја Ана (увек ћеш бити моја, без обзира не све),
Прошло је тачно 36 сати и 49 минута од када смо се последњи пут видели. Немој да се љутиш ни што бројим сате и минуте ни што ти пишем иако сам обећао да нећу. Кад пошаљем овај имејл, који ће бити и први и последњи, престаћу да бележим време.

Нисам умео, ни могао да ти кажем све што сам хтео. Још увек не умем. Речи ми стоје у грлу као кост која ме дави. Било ми је тешко да те оставим, јер сам се бојао да те нећу затећи исту кад се вратим, а сада, док седим овде сам, у студентској соби и гледам у Канингем Хол који се као путоказ издиже испред мене, јасно ми је да ни ја нећу бити исти кад се вратим. И почињем да схватам, разумем зашто си тражила да међу нама не буде никаквог контакта. Зашто си тражила да те пустим. Да ме пустиш.

Мислио сам да нећу преживети улазак у авион. Свет ми се пред очима распадао и нисам могао да верујем да си само тако стајала на аеродромском прозору, насмејана, као да ћемо се видети за неколико сати. А сад схватам колико си била у праву, јер сам морао да одрастем и да донесем своје одлуке, а сада морам да научим да са њима живим.

Нећу ти рећи колико те волим, јер знам да знаш. Не знам шта ће се догодити са том љубављу у времену које је пред нама, али знам да си неповратно променила мој живот и учинила ме бољим човеком. Хвала ти на томе. Хвала ти на свакој изговореној и неизговореној речи, на свакој успомени коју си ми поклонила од како си ушла у мој живот.

Буди срећна, Ана! Уживај у животу на који имаш право, ти, можда више од свих других! Буди своја, онако како само ти умеш и радуј се сваком дану који ти прође кроз живот, јер никада не знаш шта ће те у њему дочекати.

Заувек твој Федор.

- Ана -

Седела је са Ханом у дневној соби свог стана. Свог стана. Имала је 19 година и имала је свој стан. Да су другачије биле околности, изгледало би као да је сноб. Мира јој је помогла да заврши све бирократске заврзламе после мајчине смрти тако да је сад била власник овог стана, а до краја редовног школовања примала је мајчину пензију. Није то било пуно, али Ани и није било потребно више.

Откада је Феђа отишао (а то је било тек нешто више од дан и по), Хана је била стално уз Ану. Ана се томе готово насмејала, али је била бескрајно срећна што има таквог пријатеља. Још једна ствар коју Федору Томићу треба да захвали.

— Где си стигла? — прену је из мисли Хана.

— Размишљам о стварима на којима сам Феђи захвална — рече. — Једна од њих си ти, Хана Милић! — насмеја јој се Ана, упирући прстом у њу. — Поново ме надзиреш и чуваш!

— „Поново ме надзиреш и чуваш” — поспрдно је имитирала Хана. — Не лупај глупости! Дошла сам да попијем кафу и склоним се од хистеричних Машиних напада, који су данас на врхунцу. Боже драги, ако ми не даш стрпљења одмах, убићу је и отићи у пакао! Неће више постојати само Авељ и Каин, већ и Маша и Хана! — рече Хана с подигнутим рукама.

Ана се насмеја и приђе Хани и загрли је. Хана је била заиста стена која те држи кад се све остало око тебе руши, како јој је једном рекао Федор.

— Хвала ти, Хана! — рече разбарушивши јој косу.

— Лудачо! — рече јој смејући се. — Нећеш ме се тако лако решити, уосталом — рече шаљиво — ти си једина моја пријатељица која има своју гајбу и нема маторце да је смарају! — рече јој намигујући.

Обе су се насмејале трагичној чињеници.

Кад је Хана коначно отишла, уверена да је Ана добро, Ана је изашла напоље. Било јој је потребно да буде напољу, да дише пуним плућима како би се бар мало ослободила тежине коју је у грудима осећала. Кренула је пешице према Ади Циганлији, али је некако завршила насред Моста на Ади. Стајала је нетремице, гледајући у воду.

„Било би тако лако препустити се”, помислила је и затворила очи. Бол јој се прикрадала из потиљка и почела да јој обузима читаво тело. Дрхтала је. Ухватила се за ограду и благо повила унапред. Стајала је тако на тренутак лебдећи између два света, питајући се шта би било да се једноставно пусти у амбис. Шта би било с успоменама, са осећањима? Шта би било са обећањима и датим речима? Уосталом, коме је још данас стало до дате речи?

Нагло се повукла назад, наслањајући се на ограду леђима. Како је брзо дошла, слабост је тако брзо и нестала. Све је опет добило своју димензију. Крв јој је брујала, кључала, а затим се смирила.

Ана се окренула и пошла у правцу из ког је дошла. Преживела је. Поново. Овога пута је сама успела да се врати са ивице.

Телефон се огласио једноставним звоном, које је сигнализирало пристигли имејл.

Ана је застала и отворила имејл. Све се у тренутку зауставило. Престала је да дише. Нестало је звукова, светлост се обојила у црвено. Федорове речи су одзвањале у њеним ушима и преламале се у њеној души.

Кад је поново удахнула, свет се покренуо, а Ана се осмехнула.

* * *

Речи. Нису живе, али нуде ти живот. Дају га или одузимају. Како коме. И како кад. Могла сам да одустанем, да се понудим оном мраку који вреба из кутка моје душе у који сам га прогнала оног дана кад сам одлучила да ћу живети. Могла сам. Замало јесам, замало. Али успела сам да се измакнем у последњем тренутку, пре него што ме је послао у амбис.

Разочаран је, знам. Изгубио је још једну битку. Али рат траје. Доћи ће његово време, знам. Осећам да нам се сусрети нису завршили и да ће ми се указати још који пут кад му дам шансу. Надам се не тако скоро.

Будућност је за мене стигла. Стоји преда мном, јасан путоказ, забоден у моје снове које од скора сањам. Почела сам да их памтим. Некад су овакви, некад онакви. Али су моји. Ту су. После толико година празнине, снови су се вратили. Тако знам да је будућност стигла и понудила ми пут.

Не знам где је Феђа, о чему размишља и какви су његови снови. Могу само да се надам да су велики и сјајни, као што је он. Као што заслужује. И да их сања. Да их боји најлепшим бојама за које зна. Јер боје ти покажу свако осећање и суоче те са њим. Да га проживиш, да га пустиш кроз крв, да га створиш од сопственог жара. И то сам научила од када је отишао. Учим о себи, о свету, о људима. Понајвише о људима.

Неки ти уђу у живот да те подсете да си слаб. Неки у њега закораче да ти покажу снагу за коју ниси знао да је имаш. Неки те својим проласком обележе, неки те заувек неповратно промене. Од људи се учиш како да трајеш. Како да се бориш. Како да одустанеш. А највише како да се ослониш на себе кад се сва светла угасе, кад мислиш да је све готово и да је крај ту, тик до тебе, шапуће ти у уво.

Не знам да ли сам срећна, али знам да осећам захвалност за сваки дан у коме се пробудим, за сваку рану коју задобијем, за сваку реч коју знам да сам изговорила јер је заиста мислим. Захвална сам на лекцијама које су ми послужиле да ме ојачају, за сваки ударац који сам примила... Захвална сам што сам жива.

Срећа? Доћи ће кад-тад. Можда је већ дошла, али је ја још нисам видела или пронашла. Не значи да нећу.

Речи, додири, ране, путокази, туге и радости — мостови су које градимо у нама како би се пружили ка ономе ко заслужује да буде наша друга обала. Наш ослонац, наш извор благости, наш камен за који везујемо ланце који нас за овај живот држе. Јер други немамо. Други нам неће бити дат.

После свега, сутра је нови дан! Скарлет О'Хара би била поносна на мене! Знам да би! Јер ја јесам. Упркос свему — јесам!

- Епилог -

Ана је седела у учионици и слушала Тијану како говори о мотивима отуђености у Камијевом *Странцу*. Матуранти су се озбиљно потрудили да импресионирају своју младу професорку књижевности. Ана се томе готово насмејала. Кад је звонило за крај часа, жамор је запловио кроз учионицу, у којој је и сама, не тако давно, седела. Теже је био с ове стране, сад је то разумела. Одговорност је била већа...

На вратима се појавила разредна. Ани је било тешко да је ословљава именом, иако је Тамара Јовић на томе инсистирала. „Сада смо колегинице, побогу, Ана! Како ћеш изградити свој ауторитет ако ти будем разредна читавог живота?", говорила јој је првог радног дана.

Тамара јој је била велика подршка. Како некад, тако и сада. Дати се ученицима тако како је то чинила разредна, није могао свако. Сада је Ани било јасно зашто је ово био позив, а не посао и трудила се и трудиће се да разредну никада не разочара.

— Морам да идем, Мири се покварио ауто на Коњарнику — рече јој журно. — Идем да је одшлепам! Видимо се сутра — рече и махну јој.

— У реду је, ионако сам хтела да прошетам до парка — рече — да искористим ово лепо време, док још траје — рече и поче да скупља своје ствари са катедре.

Закључала је фасциклу и Камијев роман у свој ормарић у зборници и кренула добро познатим ходницима ка излазу.

Велика дрвена масивна врата била су затворена, у углу је за столом седело обезбеђење.

„Како се све променило за мало времена”, помисли и наслони се свом тежином на врата како би их отворила. Напољу је дан био окупан септембарским сунцем. Подигла је поглед и обухватила крошњу великог храста преко пута улаза у школу. Ветар ју је лагано покретао, производећи лагано шуморење, које ју је смиривало. Затворила је очи и дубоко удахнула, а затим кренула ка капији.

Наслоњен на камени зид, тик иза металне капије, стајао је Федор. Кад ју је видео да прилази, одгурнуо се од зида и усправио се. Гледали су се неколико тренутака у апсолутној тишини која је пала као маљ којим се потврђује пресуда.

Гледао ју је како се зауставља, како јој се очи шире у препознавању, а жила на врату почиње да поскакује. Закорачила је ка њему полако, несигурним кораком. Лице јој се утом озарило, а он је једноставно раширио руке. Утонула му је у загрљај као у сан.

Кад је склопио своје велике руке око ње, све је дошло на своје место. Тек тако. Без припреме и најаве, без фанфара и труба. Удахнуо је мирис њене косе и осетио како се са њега љуште године ишчекивања. Био је ту. Била је ту. И то је све што му је било потребно. Сада. Сутра. Заувек.

ЗАХВАЛНОСТ

У време кад сам почела да пишем овај роман ни у најлуђим сновима нисам замишљала овај тренутак. Као гимназијалка, писала сам поезију, проза ми није била блиска нимало, али прича о Ани и Федору је тако лако текла, обузимала ме и била толико блиска да сам је осећала сваким делом душе. Међутим, није ми било лако да је поделим, а знала сам да неће вредети ничему ако остане заточена у мом рачунару. И тако је прича кренула у свет...

Велико хвала мојој дивној пријатељици и колегиници Јелени Шапић, која је прва пригрлила Федора и Ану, пустила их у своје велико срце и тамо их до краја задржала. Кроз њену емоцију сам схватила да прича мора да иде даље, да се уплете са људима и заједно са њима траје. Јер Јелена је душа овог романа и она зна колико ми је њена подршка значила на сваком кораку овог чудесног пута.

Хвала Маји Илић, мојој пријатељици и колегиници, која је део овог романа безмало колико ја. Својим несебичним саветима, пажљивим критичким освртима, својим великим срцем, који само ретки имају привилегију да виде, обогатила је ову причу, дајући јој једну нову димензију, коју ја испрва нисам видела. Она је знала да се тај део приче налази у мени и показала ми је пут како да га пронађем, докучим и откључам. Привилегија је имати такве пријатеље!

Хвала мојој дивној, непоновљивој Ани Милуновић, чија ме безусловна подршка, вера и љубав изнова одушевљавају и чине да се осећам јединственом и привилегованом. Кад човек има такве пријатеље, свет није довољно велики! Ја сам заиста срећница, јер такви су људи толико ретки, а ја их имам уз себе!

Хвала мојим Лепотицама — Данки Радић, Марији Терзић, Весни Васовић, Ани Родић и Гордани Опачић, јер верују у мене и дају ми ветар у леђа, што ме воле и разумеју и онда када ни ја то сама не умем.

Мојој мајци Радмили Вучинић и сестри Марији Вучинић Јовановић не могу рећи хвала, јер оне су моја суштина, моје огледало, оно што ме чини оваквом каква сам! Волим вас и без вас мој свет не би постојао, ја не бих постојала!

И на крају, мом супругу Дејану и сину Огњену, мојим звездама водиљама, хвала на бескрајној љубави и стрпљењу које ми дарујете свакодневно, ви сте моје стене које ме држе кад се све остало распада, моја мирна лука у којој нестане све оно што је неважно, где се проналази само оно што је човеку једино и потребно — чиста и безусловна љубав.

Јер љубав нам је свима потребна, она нас чини бољима, јачима, јединственима. Натера нас да наставимо чак и онда када смо сигурни да ћемо одустати, да не умемо даље, да не можемо да поднесемо, а можемо и морамо. Љубав увек нађе пут! Чак и онда кад се сва светла угасе, кад тама притисне и сва врата се затворе.

Кад пронађеш за себе стену која те држи, кад нађеш место у коме се можеш усидрити, самоћа се повлачи као магла пред јутарњим сунцем. Полако, али се у једном тренутку подигне и остави те без даха... Тако је и са човеком. Нађеш ли своје сидро, вежеш ли се, трајаћеш. Заувек.

Гордана Опачић

Гордана (Вучинић) Опалић рођена је 19. 9. 1977. у Прокупљу. Основну школу завршила је у Мајданпеку, а Филолошки факултет у Београду — Јужнословенску филологију 2001, а Српски језик и књижевност 2007. године. Мастер рад из синтаксе српског језика одбранила је 2010. године на Филолошком факултету у Београду. Ради као професор српског језика и књижевности у Основној школи „Љуба Ненадовић” у Београду, где живи са супругом и сином. Ауторка је романа за младе *Мостови у нама* (2022) и романа *Дневник једног умирања*, који је освојио трећу награду на књижевном конкурсу за најбољи необјављени роман у 2023. години Златна сова, који традиционално организује Завод за уџбенике и наставна средства Источно Ново Сарајево. Води свој блог о уметности, књижевности и настави српског језика (**nastavnicagordana.blogspot.com**).

Гордана Опалић
МОСТОВИ У НАМА

Лондон, 2024

Издавач
Globland Books
27 Old Gloucester Street
London, WC1N 3AX
United Kingdom
www.globlandbooks.com
info@globlandbooks.com

Насловна фотографија
Eric Ward
(https://unsplash.com/photos/
woman-leaning-against-a-wall-in-dim-hallway-akT1bnnuMMk)